FREDERIC LUJÁN

La dulce espera

Productor y Editor: Books on Demand GmbH, Norderstedt
Alemania
Edición, 2006
www.fredericlujan.com

ISBN: 3-8334-4471-1

Por si les interesa...

En mi partida de nacimiento aparezco con el nombre de Frederic, pero la mayoría prefiere llamarme Freddy, cosa que en verdad nunca estuve de acuerdo, ya que con mis casi dos metros de estatura, parece el nombre de una caricatura de dibujos animados. Bueno, cambiando mejor de tema, hasta ahora no sé si fue de chiripazo o un milagro, pero la cosa es que nací en la estudiosa ciudad Universitaria de *Giessen*, en Alemania, allá en un lluvioso 29 de julio de 1957, donde después de apagar mi primera velita de cumpleaños me quedé huerfanito. Pero como Dios es precavido, inmediatamente me mandó unos padres de reemplazo. Fue así como me registraron en el Perú –masticando coca con chicha de jora, cebiche, canchita salada, y la yuca debajo del brazo-, con el apellido *Luján* por lo del paterno, y *Zeisler* por el lado de mi santa madrecita que ya murió.

Allí fue donde crecí, me desarrollé, y me hice todo un hombre. Porque eso sí, mami desde muy pequeño me acostumbró a alimentarme con bastante quinua, espinaca y pescado. Me decía: *"... Hijito, come mejor bastante de esto y de lo otro, porque... ¡Ay, qué horror, cómo estás creciendo!"* Por esa época me estiraba como medio metro por año, ¡qué barbaridad! A los doce años parecía un adulto con cara de bebé. Recuerdo que un día una mujer me dijo muy seria y desvistiéndome con su mirada de loba hambrienta: *"Oye, papito, quítate mejor esa mascara que no cuadras."* Eso lógicamente me hizo medio inquieto y perfeccionista con las mujeres, siempre buscando la pareja ideal, hasta que un día me dije: *"¡Basta!.. con ésta me caso"* Y así fue, solo que al año terminamos divorciándonos, tirándonos sartenazos y cacerolas por la cabeza. Pero como no podía quedarme sin teta (complejo de Edipo), volví a reincidir y suácate, cayó mi segunda víctima. Mejor ni me pregunten qué fue lo que pasó, creo que más se debió al concentrado de aceite de bacalao con germen de trigo que me daba siempre mamá, con el pretexto de abastecerme siempre de suficientes reservas energéticas para el futuro. Felizmente este segundo impase conyugal todo terminó en paz y armonía. Siguiendo lo que se dice por allí que en la tercera va la vencida –aunque pensándolo bien, creo que más se debió a la purificación que quería dar a mi alma, confesándome con el padre *Tadeo* de un porrazo de los cuarenta mil pecados (¿o fueron cincuenta mil?... Bueno ya ni me acuerdo) que había cometido desde que nací-, encontré por fin a mi Izabela, el gran amor de mi vida, a quien cuido, mimo y engrío hace más de 8 años en Dresden, Alemania.

En mi carrera como Licenciado en Administración de Empresas, con estudios aquí y allá, y, siempre con la idea de hacer algo nuevo, amante del orden y de la no rutina, comencé (o mejor dicho me obligaron), a coordinar, organizar y dirigir actividades en diferentes empresas e instituciones: trabajé desde de recogedor de papeles, hasta de jefe con poder para firmar cheques –cosa que al decir verdad, también me complació mucho. Como desde pequeño me gustaba decir siempre lo que pensaba, o mejor dicho lo que a mí no me gustaba, sobre todo cuando creía que las cosas se podrían hacer mejor, ingresé como docente en los claustros académicos de la *Universidad de Lima* (mi alma Mater), para enseñar planificación, organización y racionalización administrativa, y otras actividades que organizaba con los alumnos, como para que se soltaran un poquito y aprendieran en verdad lo que hace un administrador de empresas, vale decir: hacer, demostrar más que hablar, y lavar el cerebro a los que no quieran. Me gustó tanto que terminé capacitando también a profesionales experimentados y de mando directivo, en otros centro de sapiencia (este... me refiero en el sentido figurado, porque de sapiencia no tenían nada: la mayoría una sarta de viejos verdes, sapos arrechos, que aprovechaban esas horitas para quedarse dormidos y soñar con sus amores furtivos, enredadas truculentas, y queridas que se quedaban esperando afuera todas ansiosas, calentando sus tortas para empalmarla luego con el segundo *round* de la noche) Como verán, ya desde esa época gozaba de una gran capacidad observadora, y sin pelos en la lengua comencé también a encrudecerme un poco. Me volví ácido. Me emocionaba de tal manera con mis teorías que a veces me disparaba por la tangente, donde algunos –me refiero a los mayorcitos y más conservadores-, hubieran preferido mejor botarme a patadas de su oficina, o sino cachetearme delante de todo el mundo. ¿Será acaso porque ya nadie me entendía? ¿O es porque ya no me aguantaban?

Cambié de estrategia y terminé como consultor independiente haciendo reformas organizacionales, estructuralistas, behavioristas, humanistas, holistas, idealistas, generalistas, mediatistas, izquierdistas, derechistas, fascistas, fetichistas, chamanistas, y todo lo que terminara en –istas. Trabajaba con laboratorios farmacéuticos, distribuidoras, centros logísticos, bancos, compañías de seguros, municipalidades, entidades estatales, supermercados, hoteles y hasta en mi propia casa. Me tenían viajando como un chasqui, de sur a norte y de este a oeste. En 1995, y con el ánimo de querer publicar algo, lancé en el Perú una interesante herramienta de gestión que patenté con el nombre de *PMC* –el Proceso de Mejoramiento Continuo.

Algunos animosos y contagiados por la euforia del momento —cosa que también me complacía mucho–, de puro entusiasmo y por supuesto que sin mala intención (¡Nooo, que va!), comenzaron sin querer a degenerar el significado de las siglas de mi programa; me decían: *"Jefe, por qué no en vez de Proceso de Mejoramiento Continuo, le cambiamos por: Ponte Mosca Compadre";* otros, en cambio, sobre todo los más reacios, me sugerían frases algo más subiditas, como: *"¡Puta Madre Carajo!"*... y hasta más picantes todavía.

Quería que con la ayuda de mi programa, los trabajadores, principalmente obreros y empleados de oficina, tuvieran un mecanismo más efectivo de participación, para plantear y aplicar mejoras en forma continua. Eso era todo. Al comienzo —sobre todo los de las esferas directivas–, me miraban como un subversivo agitador de masas, amenazándome hasta con denunciarme ante el Ministerio de Trabajo. Pero al ver que poco a poco los resultados se hacían también más tangibles, algunos terminaban pasándose al bando de los verdaderos pemecistas.

Al poco tiempo se me abrieron las puertas para dictar seminarios, conferencias, charlas, foros, además de dar mis primeros pasos como escritor en diferentes diarios y revistas especializadas. Hasta tuve la dicha que me entrevistaran por la radio y todavía junto a Sandróx —un esotérico de esos que le gustaba leer el futuro a través de las estrellas. Recuerdo que saliendo nomás del local me dijo: *"Cuídese amigo, mejor no vaya tan rápido. Veo que las sombras de Marte y Neptuno podrían traerle problemas."* Extrañado y casi sin mirarlo, pensé: *"Con la única sombra que podría tener problemas es con la suya"* Y pedí permiso a fin de que se hiciera a un lado, porque me estaba estorbando la salida.

Andaba como siempre proponiendo aquí y cambiando allá. Al final (¿habrá sido acaso el presagio de Sandróx?), comencé a llenarme de enemigos, y no por culpa mía ni menos por el PMC, sino porque todo el mundo andaba con eso del cambio de gobierno, los nuevos candidatos, elecciones municipales, arreglos aquí y manejos allá; con tarjetazos, soboneríes, y arrejuntadas hasta para regalar. Los muy patriarcas se halaban los pelos, arrancándose los ojos como cuervos y requintándose hasta llegar a la generación de sus primeros ancestros —o sea: el mono–, para ver quién era que se quedaba con el mejor pedazo de torta. En medio de este Sodoma y Gomorra, fue cuando me acordé que mi padre un día me dijo: *"Hijo mío, tú escribes muy bien, ¿por qué no mejor te dedicas a escribir un libro?"*

Y eso fue justamente lo que hice. Di un vuelco de 360 grados a mi vida. Entre desilusionado y con las tripas que todavía se me removían pero nunca derrotado, decidí recluirme como autista en un cuartito de tres por tres metros, en la teutónica *Dresden*, y con mi mujer Izabela de musa, para intentar incursionar un mundo que para mí era algo más que un reto y lo sigue siendo: escribir mi primera novela, o mejor dicho mi autobiografía novelada: *"¿Por qué a mí?"* Al comienzo tuve que hacer malabares para que se vendiera siquiera un ejemplar, ya que como ustedes saben, sino te encuentras a la altura de un premio *Nobel de literatura*, o te descubre una editora influyente y prestigiada es difícil encontrar lectores y aún peor compradores. De todas maneras mi satisfacción fue tan grande que inmediatamente me puse a escribir mi segundo libro: *"El expresionista"* –una antología de relatos fantasiosos que a veces a mí mismo me asombran y me hacen reír; y luego, éste último: *"La dulce espera"*, que la verdad, no se lo recomiendo a las personas recatadas ni finas ni delicadas –¡Ay, *FOO...* cómo puede ser posible! Bueno, ahora al menos ya saben qué es lo que hago para matar el tiempo. Por el momento me encuentro masturbándome mentalmente en otros proyectos literarios que espero lanzarlos próximamente, siempre y cuando él de arriba me dé la fuerza para seguir avanzando.

FREDERIC LUJÁN,
Alemania, Coswig, enero 2006

"Frederic, eres un escritor de talento y me alegra que continúes en este duro oficio"

Arturo Corcuera
Lima, agosto, 2005

(Poeta y escritor peruano de fama internacional; autor de "Noé delirante"; Premio Nacional de Poesía "José Santos Chocano"; Premio Internacional de Poesía "Atlántida" 2002 en las Palmas de la Gran Canaria, España; y el Premio Internacional de Poesía "Trieste" 2003, en Italia.)

Índice

FREDERIC LUJÁN

La dulce espera

El matemático versus el bardo del Titicaca

Se percibía alegría y estima entre esos casi dos mil alumnos universitarios, todos reunidos por un solo denominador: el respeto y consideración hacia los demás. Ese sentimiento era verdaderamente impresionante y hasta contagioso. Coreaban y cantaban alegremente pasajes del antiguo y nuevo testamento, como si en ese preciso momento el mundo, con todo su pasado, presente y por qué no decir futuro, se hubiera transformado en una sola comunidad, sin competencia ni odios, respetándose los unos a los otros.

Se trataban de jóvenes estudiantes que habían venido para participar en el Forum: *"DÉ EL EJEMPLO: SEA USTED TAMBIÉN TOLERANTE"*, que las autoridades académicas de la *"La Pontificia Universidad Católica"* había organizado en el auditorio *Séneca*. Era una fecha muy especial ya que se celebraba el décimo aniversario *del Año Internacional de la Tolerancia*, decretado por las Naciones Unidas, en 1995.

Habían invitado como disertantes a connotados oradores: el Ingeniero Quantum Ecuación de la Merma, *PhD* en matemáticas y razonamiento deductivo, con maestría en reingeniería y optimización en procesos de trabajo de la *Bradley University*; galardonado con el premio *El Ingeniero del Año/1990* por la Sociedad Americana de Control de Calidad (ASQC); con treinta medallas, reconocimientos, membresías honoríficas, aparte de todas las chapitas, distintivos y otros cartoncitos, otorgados por sociedades honorarias y de profesionales en doce países; un científico, que en contraposición a las teorías abstractas, ideales, como la metafísica, filosofía, y todas esas corrientes que él llamaba charlatanerías sutiles, le gustaba concentrarse más en hechos concretos, calculables, donde se pudieran ver diferencias palpables: Amante de los números, aritmética, álgebra, *Pareto, Pitágoras, el ciclo de Deming,* la teoría de conjuntos, graficas de desempeño, diagramas, la regla de tres simple y compuesta, matrices, determinantes, diferenciales, y todas esas formulas aritméticas algebraicas que usaban los matemáticos. Con razón que su padre, Don Eustaquio, otro enamorado de las matemáticas y apasionado de la física, se le ocurrió bautizarlo poniéndole el nombre de la unidad de medida *Quantum,* como para que hiciera asonancia con su apellido *Ecuación de la Merma* que también había heredado de su padre. En la actualidad el Ingeniero se desempeñaba como consultor en aspectos administrativos y estadísticos de programas de control de calidad en importantes empresas industriales y de servicios de renombre mundial; actual Director y miembro honorario de la Oficina Internacional de Productividad y Calidad –OIPC. Estaba también invitado el Doctor Mateo Clemente Pasividad, con una apariencia que más parecía un monje tibetano: pelón, casi lampiño, con ojitos saltones que se escondían detrás de unos lentes chiquitos y de lunas redondas; un gigante entre los gigantes de la oratoria sobre temas de Dios, de sus atributos y de las cosas divinas; devoto de Santo Tomás de Aquino e hincha acérrimo de los Evangelios; y que no hablaba ni predicaba, sino más bien limpiaba, refrescaba las conciencias de los que le escuchaban. Hablaba con palabras sublimes, sabias, proféticas que brotaban de sus labios como agua fresca de un manantial. Decía que con la fuerza del amor de Dios, reflejada en la comprensión mutua de la obra salvadora de Jesucristo, se podía entender y solucionar todo mejor. Doctor en letras y abogado de profesión, quien después de su especialización en filosofía y teología en la Universidad Gregoriana de Roma, había publicado varios libros de investigación y trabajos en psicología metafísica, ontología y cosmología en más de cuarenta países y traducidos por él mismo en varios idiomas (actualmente se encontraba colaborando en la traducción del Evangelio según *Mateo,* en aymará: quería solidarizarse con sus paisanos del Altiplano Peruano, en honor a Seferina Huanca –prima hermana de su madre y quien le ayudó a nacer a orillas del lago *Titicaca*); lo que le permitió ganarse el puesto de Decano y Profesor Emérito de la Facultad en Teología Dogmática y Moral. Era, además, fundador y Presidente del Instituto *UNIÓN Y BENEVOLENCIA*, uno de los centros más importantes de divulgación de doctrinas teológicas espirituales modernas; trabajaba estrecha y activamente con un sinnúmero de organizaciones humanitarias y caritativas en toda Latinoamérica. Uno de sus objetivos principales era divulgar los valores personales y sociales entre la juventud, siempre ávida de cambios y, que a pesar de vivir en un mundo desordenado, perturbado, tembleque, con el estómago estreñido, egoísta, remolón, lleno de carga emocional negativa y embarrado de intolerancia, intentaba superarse siempre.

Todo se encontraba listo: las luces amarillas halógenas que alumbraba la mesa del podio principal, forrado con un mantel verde afranelado; el aire acondicionado refrescando adecuadamente la temperatura del ambiente; el piano melodioso, suave, tocado por el gran *Enrique Chia*, como música de fondo: *"Siempre contigo"*, *"Acércate más"*, *"Te sigo amando"*, entre muchos otros boleros de la guardia vieja y que a pesar de los oídos eufóricos de la juventud, acostumbrada a oír solamente música electro metalizada o tecno, la disimulaban bien, momento en que algunos aprovechaban para dar una cabeceadita.

Al Ingeniero Quantum Ecuación de la Merma era conocido por sus intervenciones algo agresivas y hasta belicosas: por ejemplo, cuando le tiró un florerazo a un periodista en la cabeza, en una conferencia que hizo en la sede central de la OEA, solamente porque le había disgustado una pregunta que no cuadraba dentro de su concepto; o cuando botó a patadas a un clérigo en plena conferencia delante de todo el mundo, simplemente porque no le había gustado que se apareciera con la sotana. Se rumoreaba por allí, sobre toda la prensa, que su actitud tan conflictiva, sobre todo cuando se trataban de temas relacionados con Dios y la religión, se debía porque nunca había tenido el cobijo ni el calor de un hogar normal, ya que papi y mami prefirieron dejarlo desde muy pequeño bajo la tutela estricta en un internado de curas de la orden Franciscana. Como era normal, el niño creció y se hizo hombre, pero con un trauma que terminó odiando a sus padres y de paso también a Dios, Cristo, y todo que tuviera que ver con cualquier otra religión o creencia, convirtiéndose en un ateísta recalcitrante, por no decir contumaz.

A los ilustres letrados se les desbordaban las ansias por querer empezar de una vez. Sí, así es, querían lucirse y hacerse escuchar de una vez, pero quizás, y hay que ponerlo en claro, lo que más amaban en esta vida era escucharse ellos mismos: el timbre de su voz, la potencia, precisión y llegada de sus palabras. Por ejemplo, con qué semántica y estructuras de oraciones metafóricas, ricas en metonimias y símiles –verdadera música para los oídos-, le gustaba emplear para predicar sus ideas al Doctor Mateo Clemente Pasividad, inspirado por las profecías bíblicas de Isaías, Jeremías y Ezequiel y adoctrinado por la Universidad Georgiana en Roma. No en vano le decían también: *el bardo del Titicaca*. Ametrallaba a esos estudiantes tiernos, noveles, apenas unos chiquillos que recién se destetaban de mamá y papá, con vocablos que a veces ni él mismo los entendía, y que lo arengaban coreando su nombre como si fueran salmos.

"*¡Maaa-teee-ooo!... ¡Maaa-teee-ooo! Revélanos la misión de Jesús, hijo de Dios. ¡Límpianos la conciencia con tus palabras! ¡Enséñanos el camino de la verdad!*", coreaban todos regocijados.

Paradójicamente, al otro extremo del auditorio, hacia el lado derecho, se iban acomodando uno por uno, los otros estudiantes, que se sentían más identificados con las doctrinas menos abstractas y más exactas, que el Ing. Quantum Ecuación de la Merma propagaba. Todos alzaban pancartas con las formula: $C^2 = a^2 + b^2$ (el teorema de Pitágoras), a parte de otros binomios, ecuaciones exponenciales, lineales, indeterminadas, trigonométricas, que se habían aprendido en los cursos de Análisis III y IV. El conocido panelista también se parecía mucho a Pitágoras: con su barba gris frondosa que le cubría hasta la manzana de Adán; cerquillo cortado geométricamente en la frente, formando dos ángulos rectos hacia los costados; ojos de mirada perdida, como si siempre estuviera a punto de descubrir una nueva formula.

"*¡Quaaan-tum!... ¡Quaaan-tum!... Demuéstranos la cuantificación de la confiabilidad. ¡Amamos la hipotenusa y los catetos!*" Le decían hasta con lágrimas en los ojos de pura emoción.

Los feligreses del Doctor Mateo Clemente Pasividad, en cambio, iban ocupando las otras dos terceras partes del auditorio. En el centro, contando las quince primeras filas hacia atrás, se encontraban los llamados neutrales, aquellos que no opinaban ni decían nada: observaban, comiendo tranquilos palomitas de maíz con Coca Cola. A los profesores y académicos –que no pasaban de los treinta-, se les invitó a sentarse en las butacas aterciopeladas rojas (palco oficial), llenando las cuatro primeras hileras, contando desde el podio donde se encontraban los distinguidos panelistas.

El Rector de la Universidad, quien a la vez hacía de moderador del evento, elegantemente vestido con un saco azul marino, corbata con coquitos rojos, y zapatitos (hago énfasis a lo de los zapatitos, porque a pesar de medir casi dos metros, calzaba apenas 38) negros de charol, visiblemente emocionado, se paró, y después de sus calurosas palabras de bienvenida y de inauguración del evento, tocó el primer *¡TRRRIIIN!* de la noche, cediéndole así los quince primeros minutos al Ing. Quantum Ecuación de la Merma para su disertación:

"¡Gracias!... ¡Gracias!... ¡Gracias!...", fue lo primero que dijo, en forma puntual, precisa, sin ninguna palabra de más, como si en ese preciso momento estuviera calculando el siguiente número de una progresión aritmética lineal. Ni se tomaba la molestia de levantar la mano, allí, pensativo como *el Pensador* de Rodin. Acercó el micro en la boca y con un ojo que lo tenía medio desviado a un lado, observaba al Doctor Mateo Clemente Pasividad, que estaba a su costado, separado por un pequeño anaquel de plástico transparente de 45 cm de largo por 15 de alto.

"¡Tolerancia!...¡Aguante!...¡Paciencia! Magnificas palabras, ¿verdad?", dijo, dirigiéndose indirectamente al Doctor como quien disuade a un enemigo: "Respetando lo que seguro me podría decir el Doctor, me atrevería afirmar que todo lo que podamos juzgar o tolerar, está y estará siempre en función de los números...", lo hincaba con su mirada de inquisidor como si quisiera ajusticiarlo: "...Para los matemáticos como yo, todas las cosas son números. Sí, así es, el número es el principio de todas las cosas. No soy ningún filósofo jónico ni metafísico, que todo lo ve desde un punto indefinido, inconcluso. El universo está sujeto a relaciones numéricas, a leyes, es armonía, es un orden, un cosmos."

El panelista se paró. Comenzó a recordar pasajes de su infancia en el internado y de su profesor de religión, que por mala suerte del otro panelista, se trataba de un cura que también se llamaba *Mateo*. Un torrente de adrenalina le inflaba las mejillas, transformándosele en un par de bolsas rojas que se hinchaban y vibraban haciendo zumbar sus labios; su barba color grisáceo comenzaba a erizarse. En su discurso comenzó a contraponer el concepto de *tolerancia,* solamente con temas relacionados a la merma y control de calidad:

"Claro que sí, mis queridos discípulos, futuros controladores del mañana, y alumnos todos..." Por fin se le ocurrió mirar al público: "Tolerancia, merma y control irán siempre de la mano. Todos los seres humanos, y de paso lo incluyo también a Usted, Doctor Mateo *Cle-men-te Pa-si-vi-dad...* " Pronunciaba su apellido, lenta y pausadamente. "¡Carambas, qué tales apellidos, Doctor!... Le hubieran dejado siquiera uno en hebreo, como para que coincida con eso de la historia de la Sagrada Escritura, ¿o no?... Je, je, je" Se reía "Pero bueno, continúo: Somos y seremos siempre sujetos de control, por eso es que estamos aquí, celebrando este día, el día de...", dudó por un momento, se acomodó el cerquillo pony: "¿El de los límites tolerables? ¿Permisibles? ¿Aguantables? Perdón... o si quieren, para su tranquilidad, llámenlo pues: *el de la Tolerancia.* Ya que es ella misma la que nos sirve como censor para cumplir con los estándares de control y poder así vivir mejor, con calidad. Consulte pues a su Dios, a ver si indagando en la Biblia encuentra usted algo... Je, je, je" Le mostraba sus dientes de choclo.

El Doctor Mateo Clemente Pasividad, a pesar de sentirse atacado, aguantaba pacientemente su turno. El Rector y moderador del evento, no hacía otra cosa que concentrarse en el minutero del reloj que avanzaba, manteniendo su dedo índice presionando el botoncito. Creo que en el fondo se lamentaba de no haber cedido primero el turno al Doctor, que lo notaba con más ánimo de dialogar civilizadamente.

"No me considero cura, pastor, monje, o cualquiera de esos emisarios de la fe divina para imponerles mis ideas, pero quiero que me entiendan que como científico y miembro de la Oficina Internacional de Productividad y Calidad (OIPC), tengo también la obligación de aclararles que con eso lo de la Teología y sus ideas espirituales acerca de Dios, el amor al prójimo, Cristo en nosotros, nosotros en Cristo, desgraciadamente no nos sirve para nada, porque lo que en verdad necesitamos son hechos y realidades calculables, palpables, ¿me entienden?..."

Se acordaba como si fuera ayer lo que le había hecho su profesor de religión –el padre *Mateo*-, en el internado: *"¡Cura desgraciado!... ¿Por qué mierda me encerraste con llave en esa habitación, ilumina-*

da solamente con una velita y olor a sobaco, para que escribiera cien veces el Padre Nuestro?... ¡Cómo te odio!"

Esta vez se dirigió directamente a él, sudaba. Se apartaba del tema de la ponencia, atacando más a Dios y a la religión.

"Con esto, no pretendo de ninguna manera menospreciar sus ideas neo escolásticas y reformadoras de la Iglesia Católica, Apostólica y Romana, sobre la definición que tiene acerca de la tolerancia. Por el contrario, qué tal si mejor le invito a reflexionar sobre cómo se podría usar mejor este concepto." Respiraba, cortadamente, sus aletas nasales se dilataban. Acomodó por enésima vez el nudo de la corbata que se resbalaba por el cuello a cada rato.

El Doctor Mateo Clemente Pasividad –hombre de frente amplia, nariz de vicuña, mirada aguileña, rectitud y bondad en el espíritu–, sentía unas culebritas que le recorrían la pierna, subían por el tronco, la cara y terminaban acalambrándole la mandíbula. Se estaba poniendo inquieto, pero tenía que apaciguarse. En su interior escuchaba que Santo Tomás de Aquino le invitaba a guardar cordura, acordándose de la santa paciencia, y de que más bien era la oportunidad de concentrarse para ordenar mejor sus ideas, pensando en el *Pentateuco* y eso lo del *Éxodo* hacia la tierra prometida. Tenía que demostrarle a ese agnóstico, pagano, contagiado por la lengua pecaminosa de Satán, que en verdad se estaba desviando del tema principal de la ponencia. Miraba a su público, quienes lo esperaban ansiosos pero a la vez algo extrañados, por no decir estupefactos por las declaraciones tan ácidas de su opositor.

Le quedaban más que cinco minutos para su turno.

"Pero allí nomás no se queda la cosa: el control al que hago mención debe incluir una secuencia estándar, universal, sí, y digo universal, o si quiere, celestial, divina, y lástima que no se lo pueda decir también en hebreo –la lengua oficial del Antiguo Testamento–, como para que me entienda mejor..."

Se encontraba tan ensimismado en sus ideas, que ni le importaba lo que opinara el auditorio, los alumnos, el rector, ni nadie de los que allí estaban presentes.

"Porque como Usted sabe, la medición es una fuente silenciosa de acción. Entiéndalo, para mí, la *tolerancia* tiene que ser calculada, partiendo desde el punto de vista estadístico, matemático: Módulos de control, análisis de Pareto, gráficas de *Shewhart*, esquemas multivalentes, valores promedios, diagramas *EWMA*, *Fishbone*. ¿No sé si ahora he sido lo suficientemente claro?"

Quería ponerlo en ridículo. Le guiñaba con el ojo chueco que a ratos se le acalambraba.

"Seamos realistas. A ver, respóndame: ¿Acaso en uno de los escritos, profecías, proverbios, cantares, salmos de la Biblia, se habla algo sobre los *toolware*, *statgraphics plus* para *Windows*, diseños de mezclas, reglas abreviadas para planes de muestreo?... ¿Ah? ¿Dígame, pues con toda confianza?... ¡Nada!... ¡No dice nada! Más que puro *BLABLABLA* escrito, todo hecho por soñadores fantasiosos, que dicen haber visto al Creador Omnipotente de la *Tierra*, un ser divino, celestial, y que se han ido masturbando mentalmente, garrapateando sus ficciones en un papiro o en trozos de piel disecada, y guardándolos luego, bien enrollados en estuches o vasijas. Eso lo puede hacer cualquiera. ¡Ver para creer, Doctor!"

No le faltaba más que dos minutos. El Rector se esforzaba para ablandar los músculos de su cara, mostrando neutralidad en su conducción; se secaba con su pañuelo la frente que le sudaba como agua hervida. Los alumnos, sobre todo los asiduos del emisario de Dios, como que se les estaba confundiendo el panorama, se preguntaban: *¿Y qué tiene que ver esto con el tema central del evento?* Comenzaba a reinar un cierto clima de desconcierto, que se iba extendiendo hacia la platea y terminaba con un *OHHH* sonoro, allí, arriba en el mezanine.

Al Ingeniero Quantum Ecuación de la Merma, cada vez más convencido de lo que decía, se le acumulaba la saliva a los costados de los labios como si sufriera de hidrofobia, y con una lengua que se le ponía porosa. Enmudeció por un momento para apuntar algo en un papel:

"A ver, mire aquí por ejemplo..." Le mostraba al Doctor Mateo lo que había apuntado, señalando con el dedo un cuadro estadístico. Luego con la otra mano –algo temblorosa–, sacó de una caja un tomate fresco y otro todo magullado, negro, de lo contaminado que estaba. Los puso a un costado, encima de la mesa: "¿Cómo se explica Usted esto?... Pronto estaremos en alerta roja, porque en el Perú nos quedaremos sin esa nutritiva verdura, rica en vitaminas y tan necesaria para el aderezo criollo y el riquísimo guacamole costeño cortado en picaditos. ¿Y sabe por qué?... Porque se contaminarán y pudrirán todos. ¿De qué tolerancia, pues nos estamos refiriendo? ¿O cree acaso que con sus palabritas bonitas, divinas, dogmatizada por la sagrada escritura se podría resolver este problema?... ¡A ver, qué me puede decir Usted a eso!" Lo retaba como desquitándose de los 20 tomates podridos y agusanados que un día el instructor de educación cívica, el padre *Jerónimo*, le había obligado a comer como castigo por haber sacado tomates del huerto que tenían al costado de la capilla: *"¡Mal nacido! Conque me obligaste a comerlos al hilo... Hasta ahora me acuerdo de la diarrea con esas urticarias que me salieron después"*, se acordaba. Aplastó encolerizado el tomate podrido, embarrando todo el anaquel de plástico, y de paso le salpicó un buen trozo en la cara del otro panelista.

Se oían risitas y carcajadas entre los alumnos que murmuraban: *"Oye, éste Quantum está más loco que una cabra. Es un pase de vueltas. Mira... hasta le embarró la cara al Doctor... ¡Ja-ja-ja!"* Soltaban unas risotadas que bajaban la moral a cualquiera.

Lentamente, y como quien no quería la cosa, se iban formando dos grandes frentes: los matemáticos por un lado y los adoctrinados por la fe de Dios por el otro.

El moderador, muy desconcertado por las reacciones agresivas del panelista, inhaló una bocanada de aire, tosió y le dijo:

"¡HUMM-HUMM!... ¡Ingeniero, por favor! Por si acaso le hago recordar que el tema del Foro es: *DÉ EL EJEMPLO: SEA USTED TAMBIÉN TOLERANTE* ¿Podría, por favor ceñirse un poquito más a la línea del evento?"

El Ingeniero ni le prestaba atención, por el contrario, hasta le reclamó por la interrupción, contestándole con otra pregunta en tono imperativo:

"¡Cuánto me queda!"

"Exactamente un minuto, Ingeniero", contestó el Rector; le temblaba la mano: "Pero bueno, por tratarse de esta interrupción, le concedo uno más."

"Perfecto... nos vamos entendiendo mejor. Continuaré pues...", y pensó en forma arrogante: *"Qué se ha creído éste, todo porque es el Rector. Continuaré con mis ejemplos a ver si a este Mateo se le mete mejor el concepto de lo que en verdad significa Tolerancia."* Comenzó a profundizar más el tema de los tomates: "Volviendo a los *Lyco-*

persicum esculentum Mill –comúnmente llamados también tomates tiernos-, para evitar pues que esto suceda, y se pudran o se malogren en el camino entre la cosecha y la puesta a la venta, es muy importante contar con un limite de tolerancia de madurez que permita a los más frescos resistir el transporte y manipulación, y permanecer en buena condición hasta llegar a su lugar de destino y cumplir allí con los requisitos que manda la Comunidad Económica Europea (CEE); vale decir: tamaños mínimos clasificados en la clase *Extra, Clase I y II*. Pero bueno, no creo que eso Usted lo entienda...” Lo miraba de tal manera como si se tratara de un idiota.

El rostro manchado de tomate, del Doctor Mateo Clemente Pasividad, se ruborizaba de tal manera que hasta el nervio trigémino se le había acalambrado; no podía ni despegar los labios. Se limpiaba las pepas de la verdura que se habían quedado pegadas en su mejilla. Hacía catarsis mental iluminándose con ciertos pasajes deuterocanónicos: *Judith, Ester, Macabeo,* que había leído ahora último del Antiguo Testamento.

“Cambiando de tema...”, continuó agrediéndole; hablaba rápido porque sospechaba que pronto le iban a tocar el timbre: “¿Y qué me dice acerca del control estadístico de la calidad –SQC-, que ha sido desarrollado para funcionar en un Servidor-PC o en un sistema AS/400 para interactuar con los usuarios, en línea a la manera de una conversación? Ah, porque eso es algo fabuloso, ya que los usuarios de SQC son dirigidos automáticamente por el sistema a cada uno de los campos de datos. ¡Imagínese!... Todo lo que puede hacer el hombre, ¿no?”

Rebuscaba entre sus apuntes a ver si encontraba algo más.

“¿O quizás se ha enterado sobre eso de la legalización de la calidad del aire, tan necesario para que podamos respirar bien?... Con sus umbrales de alerta, márgenes de tolerancia, óxido de nitrógeno, sustancias precursoras de ozono. A propósito de tolerancia: ¿Cómo van sus análisis de sangre: el colesterol, azúcar, lípidos? Sí, porque esos valores también tienen su tolerancia, igual que su sistólica o diastólica...”

“¡*TRRRIIIN!*... *¡TRRRIIIIIIIN!*... *¡TRRRIIIIIIIIIIIIII...*” Se le había quedado pegado el dedo en el cronómetro al moderador.

"¡Todavía no he terminado!" Requintó enérgico el Ingeniero Quantum Ecuación de la Merma. "¡Déjeme siquiera terminar, por favor!...¡Qué tal lisura!"

La acidez de sus aclaraciones había confundido de tal manera a los presentes, que nadie se atrevía a decirle algo. En la sala reinaba un silencio tal que era como estar en el centro de un tornado. El Rector, salvaguardando el nombre de su institución, y como previendo que esto podría dispararse por la tangente, le insinuó en tono elegante, y como siempre, haciéndose notar que él todavía seguía siendo la autoridad máxima:

"Pero mi distinguido y muy respetado Ingeniero, piense también en el auditorio."

De una esquina del salón, pegado a la puerta de escape de emergencia, una voz mordaz, cáustica, como si estuvieran asesinando a alguien, gritaba: "¡Sí, haga callar a ese loco de la hipotenusa y catetos! ¡Queremos escuchar a Mateo Clemente Pasividad!"

"Ya ve... ¿qué le dije? Esta es una disertación sobre tolerancia, me parece que está confundiendo nuevamente los papeles", le volvió a insinuar el Rector, como echándole la culpa.

"¡Sííí!... ¡Sííí!... ¡Sííí!", afirmaban otros por allí.

Al matemático se le habían erizado de tal manera los pelos blancos que ahora más bien se parecía al hombre *Yeti*. Fue cuando el Rector, con los sentimientos algo encontrados, se volteó con cortesía donde el otro panelista para decirle:

"Doctor Mateo Clemente Pasividad, puede usted empezar..." Y le hizo una venia con la mano, agachando ligeramente la cabeza, como disculpándose: "Le pediría que me disculpe por este pequeño incidente que espero no se vuelva a repetir." Miró de reojo al Ingeniero, como diciendo, *y ahora mejor cierra esa bocaza*. "Tiene exactamente veinticinco minutos con cuarenta y cinco segundos de tiempo. Y, por favor, le pediría que también se concentre en el tema central de este evento."

Hechas las advertencias, el Rector por fin respiró un poco, soltando un suspiro suave de alivio.

Los alumnos más fanáticos, conmovidos por su líder –el Doctor Mateo Clemente Pasividad-, se pararon al unísono para ponerse unos polos blancos con el emblema del *INSTITUTO UNIÓN Y BENEVO-*

LENCIA, que él dirigía: una torre de *Babel* que se unía con el cielo, y en la cumbre, una vicuña albina con la cara de él disfrazada de Arcángel. Alzaban todos sus brazos, ladeándose de un lado a otro; se paraban y sentaban a cada rato de sus butacas, cantando las palabras de *Isaías,* capítulo 1, versículo 18:

> *"... Venid vamos a discutir este asunto.*
> *Aunque vuestros pecados sean*
> *como el rojo más vivo,*
> *yo los dejaré blancos como la nieve;*
> *aunque sean como tela teñida de púrpura,*
> *yo los dejaré blancos como la lana..."*

El Doctor, emocionado blanqueaba sus ojos como pensando en reverso, y después de haber tomado nota mental de algunos Salmos, levantó bienaventuradamente la mano para decir al Ingeniero:

"Ingeniero Quantum Ecuación de la Merma, sus palabras me han conmovido mucho."

Se metió un pedazo de galleta de hierbas exóticas de la Amazonía (al parecer se trataba de la hoja seca de marihuana: era una costumbre que tenía antes de iniciar sus conferencias), en la boca; la masticaba formándosele un bultito en la mejilla derecha. Tomó un poco de agua, levantando el vaso a su público como si se tratara del Cáliz:

"*Cor contritum et humiliatum Deus, non despicies –no desperdiciará Dios un corazón contrito y humillado...*" Dijo en perfecto latín; mostraba las palmas de sus manos hacia el cielo; sus ojos, todavía blancos, como que se hundían en su cráneo.

Miraba el techo abovedado del auditorio (¿Estaría pensando en la Capilla Sixtina de Miguel Ángel? ¿O el Templo que el Rey Salomón, hijo de David, mandó a construir en honor al Dios creador de Israel y de la Tierra?) Quería absolver las blasfemias que había osado decir. Sus ojos, de mirada penetrante, hombre docto y leído, delataban más que decisión y firmeza.

"Le felicito de todo corazón, se ve que domina su materia.", se acomodó mejor en el asiento: "Sin embargo, permítame salir un poco de sus conceptos para decirle que su caso es un caso típico de intolerancia enmascarada. *Dime de qué presumes y te diré de qué careces...*

¿Recuerda la paradoja?" Le aleccionaba con proverbios "Si quiere me explico insinuándole que ya en la Edad Media se sabía que es propio del sabio legislador permitir las transgresiones menores para evitar las mayores."

Se metió otra galleta en la boca. En el mezanine, había un grupo de estudiantes del curso de estadística aplicada que no lo pasaban pero ni en pintura; le gritaban a voz de jarro: *"¡Ya cállate galletero, bueno para nada, queremos que nos digas hechos y no palabras!"*

Pero el Doctor continuaba con su ponencia, humildemente y algo más estimulado por las galletas con marihuana.

"Por eso es que le pregunto a Usted, Ingeniero, y a ese público..." Circuló rápidamente la vista por el auditorio, como perdonándolos: "Porque eso sí, y a pesar de que me vociferen palabras groseras, incultas, pecaminosas, a todos los quiero por igual, y pregunto: ¿Cuál es pues el límite de lo tolerable y lo intolerable? ¿Deben tolerarse la producción y el tráfico de drogas, la producción y el tráfico de armas, la producción y el comercio de productos radiactivos? ¿Es intolerante el Gobierno alemán cuando prohíbe actos públicos de grupos neonazis? ¿Y el Gobierno francés cuando clausura dos periódicos musulmanes ligados al terrorismo argelino? ¿Son intolerantes las legislaciones que prohíben el aborto?... Preguntas y nada más que preguntas, que pongo a tela de juicio y que deberíamos más bien plantearnos en este momento, antes de estar hablando de formulas, teoremas y cuestiones estadísticas que nada tiene que ver con la problemática actual."

Al Ingeniero, parecía como si se le hubiera atascado el *L.Q.Q.D.* de una hipótesis. Revisaba desesperadamente sus apuntes. Hacia los lados laterales de la platea se escuchaba un *¡AHHHHH!..* de asombro, despacito, desinflado, como para no despertar sospechas de que estaban también de acuerdo con lo que había dicho el ilustre ponente.

Mientras sustentaba sus ideas el Doctor, se limpiaba con su pañuelo las manchas del tomate podrido que le había salpicado en la cara y parte del cuello. Su fe en Dios era tal, que a veces hasta se sentía reencarnado.

"Ahora bien, la segunda aceptación de tolerancia, es el respeto a la diversidad. Aquí no se trata de permitir un mal sino aceptar puntos de vista diferentes y legítimos, ceder en un conflicto de intereses justos, ¿me entiende? ¿Y sabe por qué reacciona Usted así?... Porque seguro que no cree en Dios. Él significa la paz y benevolencia en el mundo. Sí, y escúcheme bien, por favor, la benevolencia nos prohíbe ser altaneros y ásperos, nos enseña que un hombre no debe servirse abusivamente de otro hombre, y nos invita a ser afables y serviciales en palabras, hechos y sentimientos." Quería adoctrinar al Ingeniero con sus ideas. Se frotaba fuerte las manchas de tomate que habían quedado pegadas como cola en su mejilla. En su interior, emocionado se acordó de un pasaje del Evangelio: *"Tanto amó Dios al mundo, que dio a su hijo único, para que todo aquel que cree en él no muera, sino que tenga vida eterna."*

Un alumno, que se encontraba en la última fila de platea, lo conocía tan bien, que podía hasta leerle los pensamientos:

"Juan, capítulo 3, versículo 16, ¿verdad?..." Le gritaba con voz temblorosa "Sé lo que estás pensando ahora, Mateo, te lo puedo leer en los labios...", y completó su prorrata con el versículo 17: *"...Porque Dios no envió a su Hijo al mundo para condenar al mundo, sino para salvarlo"* Y se volvió a sentar, poniéndole cuernos al Ingeniero Quantum Ecuación de la Merma, con la mano y sacándole la lengua, como diciéndole: *cuidadito nomás que con Dios nadie se mete.*

"Gracias *Pepito* por tu acotación..." le agradeció el Doctor, llamándolo por su nombre, algo conmovido. Cómo iba pues a olvidar a su alumno preferido del curso de Teología Católica. Terminó de limpiarse las manchas rojizas de su cara.

"Creo que ahora a nadie le interesa su apreciación acerca de los tomates, ni menos sus estadísticas, módulos de control de calidad y cosas por el estilo. *Si inimicus meus maledixisset mihi, sustinuissem utique –si mi enemigo me ofende, no es extraño, y es más tolerable."* Le gustaba hablar en latín para confundirlo y así alterarlo más. "Y no se preocupe, que conmigo las cosas se toman con calma. Este... me refiero a lo del tomatazo que Usted me ha tirado."

Levantó el vaso de agua y brindó, marcándole una cruz en el aire:

"Bendíganos Dios Omnipotente, Padre, Hijo y Espíritu Santo. Amén. Y ahora lo absuelvo de todos los pecados."

La tranquilidad y parsimonia de su rival, desesperaba al matemático; por dentro estaba que estallaba: *¡Conque saleroso, no!... Por qué no mejor me hablas en castellano, ¡huachafo de mierda!* Se preguntaba a cada rato, aguantando su turno. Todavía le quedaban como diez minutos (¡Una eternidad!)

Al parecer, por lo acontecido con el tomate, el distinguido y muy respetado filósofo también comenzaba a perder el hilo del tema central:

"¿Sabía que las matemáticas nos llevan a Dios?...", le insinuó el Doctor. "Ya lo dijo *Feynman*: Dios esta siempre asociado a las cosas que no entiendes. Y Usted, de estas cosas desgraciadamente no entiende nada, mas que numeritos... Je, je, je" Soltó una risita sarcástica "Y no lo digo yo, *Godel* –otro de sus coleguitas matemáticos-, también afirmó y desvirtuando los pensamientos kantianos, que: Las verdades matemáticas no tienen su origen en la mente humana. En otras palabras, concluyo como para estar ahora sí *tète á tète* con usted, que siempre habrá cosas que no entenderemos. Es por tanto razonable contar con Dios..."

Había confundido de tal manera al Ingeniero, que ahora tenía que esforzarse el doble para defender mejor su posición. Se escuchaban exclamaciones de *¡HUUURRRAAA!... ¡Así se hace, bájale la moral al Pitagórico!* El salón vibraba de euforia.

El espíritu de confraternidad y paz que había reinado en un comienzo, como que se iba disipando. El ego del Doctor crecía y crecía; flotaba en una nube de complacencia. Por fin se sentía él, mismo Moisés pactando con *Yahvé* en el monte *Sinaí*.

"¿Creo que todavía me quedan unos minutos, verdad?", preguntó sobradamente.

El Rector le contestó enseñándole solo los cinco dedos de la mano, no quería hablar. Su consternación y confusión había llegado a tal punto que hasta se le había ido el habla. El Ingeniero, en cambio, se retorcía en su sitio de puro arrebato, y para tranquilizarse un poco comenzó a contar ovejitas: *dos más dos son cuatro, cuatro y dos son seis, seis y dos son ocho.* Y como para no perder la costumbre de sus ejercicios de agilidad mental, y de paso neutralizar los pensamientos negativos, calculó el diferencial del número ocho, elevándolo a la raíz cúbica de *n-1*, y luego dividió todo entre π (3.1416) Por su orgullo no podía digerir lo que escuchaban sus oídos, y peor aún, dicho por un Teólogo-filósofo. Se sentía degradado, destituido. Lo maldecía en su interior, presionando un puño, y con la otra mano se comía las uñas, juntando fuerte las rodillas, debajo de la mesa: *"¡Cómo es posible que este hijo de puta me rebaje de esta manera! Así que, LAS MATEMÁTICAS NOS LLEVAN A DIOS... ¡Qué absurdo! ¡Esto es un insulto para la ciencia matemática! ¿O cree acaso éste mal nacido que me gané el premio, EL INGENIERO DEL AÑO/1990 de la ASQC, por las puras huevas?"*

"Sí, así es, porque *Dios*...", seguía hablándole de Dios y sus atributos: "...No necesita investigar para encontrar la relación entre un problema y su solución. Él es un ser infinitamente creativo en cuya mente no hay diferencia entre pregunta y respuesta. Convénzase de una vez Ingeniero, que por el carácter parcial de nuestro saber, sus teoremas y cálculos matemáticos sobre tolerancias, merma de la calidad, u otras suposiciones estadísticas, o sabe qué otras *es-tu-pi-de-ces*, ¡perdón!... quiero decir apreciaciones, no nos conducirá nunca a nada, porque siempre necesitaremos de la mente de Dios."

El hombre –de frente penetrante, nariz de vicuña, mirada aguileña, rectitud y bondad en el espíritu-, no sé por qué, pero comenzó a pensar en *Las siete trompetas del Apocalipsis*. Le mostraba una pequeña Biblia que había traído escondida en el saco:

"Y antes de cometer más sacrilegios, ¡lea mejor la Biblia!, y entérese de lo que dice en el *Pentateuco. Las leyes de Dios.*" Le mostraba la cruz dorada de la cubierta de la *Sagrada Escritura*, como exorcizándolo de los pecados. Se trataba de un libro diminuto de tres mil hojas, tan delgadas que parecían de cebolla. Tocaba la calidad del papel insinuándole irónicamente: "Y que Dios me perdone, pero apuesto que Usted solo la usaría para armar sus tronchitos de marihuana (lo sabía por experiencia propia) ¿o no?"

Los alumnos más retraídos, los llamados neutrales, aquellos que no opinaba ni decían nunca nada, ni tontos ni perezosos, aprovechaban de la situación para darle también a la pasta básica de cocaína. En el ambiente, a parte de las fumarolas tóxicas de las drogas, se percibía una atmósfera caldeada, tensa. Los dos bandos de estudiantes que se habían formado desde un comienzo, como que comenzaban a separarse cada vez más, insultándose entre ellos.

Pero como que con el Doctor no era la cosa, él continuaba con su disertación:

"Mi estimado Ingeniero Ecuación de las Matemáticas" Se equivocaba a propósito para irritarlo. "¡Carambas!... Usted disculpe, quiero decir *Ecuación de la Merma*: aquí nada es limitado ni definido, y menos sus ciencias exactas. Aún quedan muchas verdades por conocer. Y ahora sí, quisiera concluir mi turno porque también ya me estoy cansando de hablar, sin antes referirme a lo que dijo una vez *Hilbert*: *Wir müssen wissen, wir werden wissen –debemos conocer, conoceremos."* Afirmó en perfecto alemán.

¿Por qué le dijo eso si sabía que estaba llevando la delantera? ¿Qué fue en verdad lo que le impulsó atacarlo de esa manera, y encima en alemán, sabiendo que odiaba a esa raza árida, fría, exterminadora de humanos? ¿O acaso fue su ego remolón, avaricioso, envidioso, disfrazado de recelo, que no lo dejaba tranquilo?... ¿O tal vez, quién sabe, el influjo del Espíritu Santo que le decía: *Ve y dile lo que tengas que decirle, que seguro tus palabras serán escuchadas por, ese, Hijo del Hombre (¿o de puta?) y que morirá (¿será cierto, sucumbirá, le pasará algo?) en la tierra?* ¿O es que simplemente tendría odio de aquellos que ignoraban la palabra de Dios?

El Ingeniero Quantum Ecuación de la Merma, de pura impotencia de no saber qué contestarle, y sin importarle lo que podría opinar o decidir el moderador: se paró y soltando una desmandada flatulencia (sufría de meteorismo crónico a causa de un cálculo vesicular), lo noqueó con un solo cabezazo que su nariz de vicuña ahora se parecía a la de un oso Panda. Mientras regresaba a su sitio para sentarse, fue cuando volvió a acordarse traumatizado de cómo le habían obligado esos curas inquisidores del internado a aprenderse de memoria el Nuevo Testamento; y como para desquitarse, aprovechó la ocasión para reventarle el otro tomate que todavía quedaba en la mesa, en la frente ya magullada del Doctor, diciéndole:

"A mis alumnos le entran mis ideas con números, pero a Usted, prefiero que le entren con tomates... *¡PUSCHHH! ¡PASCHHH!...*" Le aplastaba la verdura roja en la frente, ni le había dado tiempo de acomodarse, y ¡SUÁCATE!... comenzó a bombardearlo con puñetes: "¡Y toma y toma!....¡PUM! ¡PAM!... ¡A ver si así se te gravan mejor mis teoremas!"

Su cara parecía como linchada por un panal de abejas asesinas: una sola masa inflamada de carne, bañada íntegramente de sudor, sangre y tomate; ni se le podían distinguir los ojos. Fue cuando el renombrado teólogo, después de escupir unos cuantos dientes que se le habían soltado por el remezón, y acomodar nuevamente los huesos en su sitio, recapacitó, reflexionó, para aplicar también la regla universal –o digamos que más humana-: *Ojo por ojo, diente por diente.*

Para el Rector, ya no había nada que hacer: el evento se le había ido a la basura. Ya nadie se acordaba del *día de la tolerancia,* ni si quiera lo asociaban con el nombre del Forum: *DÉ EL EJEMPLO: SEA USTED TAMBIÉN TOLERANTE* Ahora más bien todo esto parecía un circo de gladiadores greco-romanas: *EL MATEMÁTICO VERSUS EL BARDO DEL TITICACA.*

Ambos panelistas se daban de encontronazos, destrozándose los cráneos, mordiéndose las orejas, palanqueándose las extremidades, desgarrándose la piel; se tiraban salvajemente uno encima del otro. El Doctor Mateo Clemente Pasividad, con su apariencia de mosquita muerta, hombre precavido y sabiendo que esto tarde o temprano podía suceder, sacó de su maletín de cuero la versión de oro de la Biblia, edición especial, editada por la Sociedades Bíblicas Unidas (SBU): un ladrillo de diez kilos de peso, empastado con una cartulina que más parecía de hierro (25cm de ancho por 30 de largo y 10 de alto), y comenzó a golpearle en la cabeza como martillo:

"¡POM! ¡PAM! ¡PUM!... ¡Satán te ha envenenado, qué muera el Diablo!", le decía, levantando con sus manitas delgadas el libro sagrado, y ¡BUNDUGUN!... otro guaracazo y luego otro. La cabeza del Ingeniero se bamboleaba de un lado a otro.

Sin embargo, con o sin conmoción cerebral, el ilustre matemático seguía agraviándole verbalmente, requintándole a la madre y de paso, a todos los descendientes de *Abraham.* La sangre salpicaba encima de la mesa. Se arranchaban bárbaramente las prendas, como si estuvieran despojándose de la peste, hasta quedarse en pelotas.

"Te ayudaré a dejar esta tierra para que te encuentres con tu Dios en el cielo, ¡hijo de puta!" Le dijo el Ingeniero, cogiéndole de los testes; aprovechó el momento en que gritaba de dolor, para rematarle con la diestra un solo puñetazo, que la verdad, todos habían pensado que ya se había muerto. ¡Pero no!, nadie había contado con su astucia: el Doctor parpadeó, escupió los últimos dientes que le quedaban, relamió sus labios sangrantes, y le dijo en latín:

"¡INFELIX EGO HOMO! —(Imposible de traducir)"

Se paró con sus piernitas de zancudo —agilito como él mismo-, y como si nada hubiera sucedido (¿Será acaso la fe en Dios que lo mantenía con esa vitalidad?), para clavarle como un anticucho los dedos en sus ojos, que reventaron como dos bolsitas de agua; y de paso le hizo recordar el Evangelio según *Mateo*, capítulo 13, versículo 19: *"Los que oyen el mensaje del reino y no lo entienden, son como la semilla que cayó en el camino: viene el maligno y les quita el mensaje sembrado en su corazón."*

Los dos mil alumnos que se habían congregado en el recinto *Séneca*, influidos por la euforia de sus maestros (caso típico en donde el alumno aprende de sus profesores), terminaron de tomar sus Coca Colas; y uniéndose todos como los tres mosqueteros, comenzaron a experimentar una sensación nueva, alucinógena, super excitante, *el Caos y la Anarquía Total*: Arrancaban las butacas de sus sitios; destrozaban las lunas; descuadraban las puertas de escape; quemaban todo lo que podía inflamarse; dibujaban figuras obscenas en las paredes; un grupo —los más desquiciados, y cansados de escuchar siempre esos boleros y melodías románticas antiguas-, asaltaron al distinguido músico Enrique Chia, dejándolo más que en calzoncillo, y le orinaron encima de las teclas de su piano. Todos se divertían a lo lindo, apaleándose y pegándose como si estuvieran jugando al cachascán.

Por supuesto que el Rector y moderador del evento, después de haber sido también victimado y cacheteado por los distinguidos y muy respetados panelistas, prefirió desistir en su intento de separarlos, y abandonó el recinto, escoltado por toda un tribu de policías, quienes preferían también hacerse de la vista gorda para no enfrentarse a esa masa tumultuosa, frenética, enardecida de jóvenes que buscaban nada más que un poco de emoción, química hormonal, como se dice: el *kick* de adrenalina para la noche.

Al final, el esperanzador por no decir prometedor encuentro de paz y armonía, no había quedado más que en un *Sodoma y Gomorra*: con cenizas, gases lacrimógenos, muertos y heridos desparramados por los pasillos; policías que seguían castigando a los revoltosos *mateístas* y *pitagoristas*, borrachos y drogados; y un numeroso grupo de doctores, sanitarios, enfermeros y personal auxiliar de la cruz roja, turnándose para socorrer a los que aún daban indicios de vida.

¿En dónde pues quedó ese tan anhelado ejemplo de tolerancia?¿Lograron aprender algo los alumnos?¿Qué lección podríamos recoger de este evento?¿Qué medidas creen ustedes que tomó el Rector de la Universidad al día siguiente?¿Había terminado o tendría una continuación ultraterrena esta historia de sangre, canto, misticismo y fuego?

La desgracia de Prudencio

Prudencio tenía que viajar a las seis de la mañana a Londres para reunirse con un cliente importante. Para no molestar a su jefe, en cuyo apartamento había dormido esa noche, pues el suyo quedaba muy lejos del aeropuerto, se levantó sigilosamente y antes de ir a la cocina a prepararse el desayuno, decidió entrar al baño.

"Me alistaré rápido, porque, ¡ay, Dios, qué vergüenza!... qué pensará sí me ve en éstas fachas", dijo, pensando en su jefe; y cerró la puerta empujándola apenas con la yema de los dedos.

Como sabía que su jefe no toleraba ni los silbidos de los pájaros, tenía que ser muy cauteloso para no incomodarlo; sobre todo, si el ominoso recinto estaba separado del dormitorio principal donde él dormía, solamente por una angosta pared de fibrocemento de apenas una pulgada de diámetro. El apartamento era tan chico que se podía escuchar hasta los pasos de una hormiga: 60 m^2, dos dormitorios, un solo baño, sala-comedor, y una pequeña cocina.

Se quitó el pijama silenciosamente, colgó la toalla de mano al lado del lavatorio, acomodó el jabón en la jabonera de cerámica, enganchó la bata en el garfio de la puerta; luego abrió su neceser, sacó una toallita larga, y la extendió en la repisa de vidrio que había en el espejo, como para atenuar los ruidos de las cosas que iba poniendo encima. Empezó primero con el cilindro de la espuma y la navaja de afeitar; luego el *after shave*; el vasito de plástico con el cepillo y pasta de dientes; el corta uñas y, por supuesto, su inseparable desinfectante bucal. Así era Prudencio, aparte de pudoroso era un hombre muy pulcro, cuidaba mucho su apariencia, decía siempre: *"¡Ah, qué agradable, no hay como sentirse siempre limpio y fresco!"*

Se miró las ojeras en el espejo del baño, y mientras bostezaba abriendo la boca, pensaba en el largo viaje que le esperaba, el hotel donde se iba a hospedar, y las cosas que conversaría con ese cliente en Londres.

Mientras tanteaba con la mano el agua que salía del lavatorio, un cólico intestinal repentino le obligó a sentarse en el escusado y a esperar... En ese momento Prudencio no sintió vergüenza, ni complejos, sino la certidumbre de un comportamiento intestinal recurrente, es decir que todo empezaría más bien suave y silencioso; y pensó bienaventuradamente en ese cuarteto de ese autor anónimo donde proclama: *"... que no hay placer más exquisito / que cagar bien despacito / ni placer más delicado / que después de haber cagado..."* Acordándose –esas cosas de la infancia que nunca se olvidan-, de ese momento cuando él tenía apenas cuatro años y sin importarle nada ni a nadie, se acercó donde su madre y con esa inocencia y simplicidad digna de una criatura de esa edad, le anunció delante de todos los invitados: *"Mamá quiero caca"* Hasta que un fragor seco pero acolchado, como si se escucharan golpes de resortes con almohadazos, o algo parecido (era su jefe quien se había volteado bruscamente en la cama, como para cambiar de perspectiva de lo que estaba soñando), le hizo volver a la realidad.

"¡El jefe!..." exclamó asustado, acordándose de que no estaba en su casa: *"¡Suéltala mejor despacito, ajusta, ajusta!... ¡Ayayay, se me sale, se me sale!... ¡Hummm!... ¡Aiiiiii!"* Se concentraba, ajustando valiente, mordiéndose los labios, y con unos ojos, que se le salían de la cara. *"Carambas, ¿qué es lo que me habrá caído mal?..."*, se preguntaba preocupado: *"¿Habrá sido el arroz con pollo? ¿O la maldita empanada de yuca con carne, que comí donde la negra Tomasa?"* Pudoroso como era, y para evitar que su jefe se diera cuenta de otros posibles ruidos o resonancias que pudieran venir, dejó que siguiera corriendo el agua del caño.

Se acomodó lo mejor que pudo en la taza del escusado: era delgado, pero con un poto que con las justas le cabía solo una nalga. Se sentó inclinándose un poco hacia la izquierda y manteniendo la otra nalga en el aire, como para que el tiro no le saliera por la cu...lata. Sus tripas intestinales crepitaban igual que el volcán *Mauna Loa*, momentos antes de estallar.

Hasta que no aguantó más, y soltó la primera emisión vertical y viscosa, junto con el *¡AHHHHHH...!* de alivio, seguido del *¡HAAA-LAAA-LIII!* de ignominia. Casi al final y guardando la misma intensidad ultravulcaniana –que más parecía *stromboliana*-, disparó una horrenda detonación, y luego otra y otra, que hizo estremecer hasta la cortina de la ducha; las cosas que había acomodado en el aparador del espejo, también se bamboleaban de un lado a otro.

Qué es lo que no hacía Prudencio para silenciar esos ruidos: se echaba hacia atrás, estirando los pies hasta rozar la puerta; se cubría los muslos con todas las toallas que encontraba a la mano: metiendo aquí y encajando allá; se inclinaba hacia delante con la cabeza tocando las rodillas y juntando bien las piernas; taponaba la rendija de la puerta con la correa de la bata; se agarraba las nalgas, separándolas lo más posible para aumentar el diámetro del conducto tempestuoso. Pero nada, todo era en vano. En ese momento pensó solamente en el fin del mundo, la profecía de Nostradamus, el maremoto en el Golfo de Bengala, la bomba de Hiroshima. Al final, después de haber expulsado la última escoria, prorrumpió tumultuosamente el pedo final, que hizo vibrar hasta la puerta.

"¡Mierda, questa situazione non mi piace!... ¡Io sto malissimo!" Exclamó en perfecto italiano (era el temperamento genovés que lo tenía del abuelo); se encogía de vergüenza, frotándose la barriga y arrugando la cara. Sin embargo, tenía que guardar la calma y atenerse a las consecuencias: *"Qui mangiare forte, caga forte, ma non le teme da morte"*, pensaba dándose ánimos.

Al no encontrar el papel higiénico por ningún lado, haló nomás el tanque de agua del retrete, cerrando bien los ojos para no ver el alud que había ocasionado en la taza. Se paró y embarrado como estaba, cerró la puerta con llave y cuando quiso poner la llave a un costado, se le resbaló de la mano, cayendo justo en medio de ese torbellino de aguas servidas, rumbo a la canalización del desagüe principal.

"¡Y ahora, cómo salgo!" Fue lo único que se le ocurrió decir.

No tardó mucho tiempo en darse también cuenta que el escusado había sufrido un embotellamiento y que el agua seguía y seguía corriendo hasta colmar el límite de la taza. Por el piso comenzó a navegar una flota de pequeños submarinos marrones, junto con una escuadrilla de otros desperdicios orgánicos no identificables, que encallaban en el borde de los pies de Prudencio, y terminaban aglutinándose en la base de la tina. Pobre Prudencio, su situación se complicaba cada vez más, porque ahora no sabía cómo diablos contener ese violento desborde de aguas excretadas: Taponaba la taza del retrete metiendo todo lo que encontraba: las finas toallas bordadas a mano, el pijama de seda, su gorra de dormir, calcetines, la bata; hasta sus chancletas cuzqueñas forradas con lana de oveja. Luego bajó la tapa de plástico, ajustándola bien con la cortina de la ducha que la había convertido en soga, y amarró fuerte un nudo triple alrededor de la llave general de agua potable, que también se había atascado. La presión de agua había aumentado de tal manera, que comenzó a salir disparado un líquido beige apestoso por los caños del lavabo y de la tina. El pequeño recinto se había convertido en un vertedero pantanoso: todo lo que podía flotar, flotaba encima de una poza pestilente, empantanada de deyecciones y secreciones.

Las aguas servidas no solamente provenían del retrete que Prudencio había atorado, sino que, además, confluían desde los otros apartamentos a través de una compleja red de conductos (y que no eran pocos, porque se trataba de un edificio de quince departamentos, todos equipados con tres confortables baños con bidé inclusive –los de servicio son aparte-, y donde vivían: papá, mamá, con sus hijos y los hijos de estos, tíos, abuelos, bisabuelos, y en algunos casos uno que otro amigo íntimo, compadre o pariente que venía a visitarlos el fin de semana con toda su cría –que también no dejaban de ser numerosos), por el tubo de desagüe principal, que por la presión del atranco, también se había reventado justo a la altura donde se unían las cañerías del baño de su jefe.

Para evitar que lo vieran en pelotas (le daba vergüenza que le descubrieran lo que le colgaba entre las piernas), alcanzó ponerse con las justas el calzoncillo, que lo había encontrado flotando en medio de toda esa desgracia suspendida. En el momento que quiso apagar la luz chica del espejo, como para disimular semejante catástrofe, ocasionó un corto circuito, achicharrándosele el dedo como un chorizo en el interruptor. Por la humedad estancada que reinaba en el ambiente, los finos azulejos españoles que adornaban el interior del baño, comenzaron a desprenderse, saliendo disparados verticalmente –igual como cuando uno cocina palomitas de maíz, solo que con la olla destapada–, hacia todas las direcciones. Mientras se defendía contra las siniestras esquirlas de cerámica que se incrustaban agresivamente en su piel, pisó una rata (o mejor dicho de lo que quedaba de ella) que se había colado por el hueco de una alcantarilla, y se resbaló golpeándose la frente con el filo de la tina, y junto, se le vino también toda la rinconera de perfumes *eau de toilette*, que su jefe, amante de los buenos aromas, coleccionaba de cada viaje que hacía en el extranjero. La mezcla aromática de esos líquidos bienolientes, desparramados en la cabeza de Prudencio y que se combinaban con el tufo penetrante a excremento, hubiera podido espantar al gallinazo más hambriento.

Completamente desaliñado, cochino, y humillado por la desgracia, no le quedaba otra que frotarse el cacho que le había brotado en la frente, y olvidándose de que había cerrado la puerta con llave, haló con tal desesperación la manija, que se le quedó prendida en la mano. De puro arrebato y frustración, arrojó el metal a la tina y sin saber cómo, colisionó contra el espejo, haciéndose éste añicos: las astillas de vidrio le habían reventado el ojo derecho, y otro buen pedazo le ocasionó un tajo en la cara, que se tiñó toda de rojo. Tuerto y quejumbroso desprendió las manos de la faz, y como no podía ver sangre, palideció, vomitó, y cayendo nuevamente en la tina desmayado, se zambulló lentamente en ese lodazal de aguas usadas que aumentaba y aumentaba cada vez más de volumen.

Por cuestiones más bien de olfato que de bulla, su jefe se levantó abruptamente de la cama y tapándose la nariz, pegó una oreja en la puerta del baño y, como sospechando que podría tratarse de su invitado, le gritó preocupado:

"¡Prudencio, Prudencio, eres tú!... ¿Ha pasado algo?"

La dulce espera

Tenía casi ocho meses de embarazo y parecía que habría complicaciones con el parto. Mientras las enfermeras acomodaban a Felícita en la sala de partos, el doctor tranquilizaba a Ciro, su marido, que se había puesto muy nervioso.

Por el deseo casi obsesionado de querer ser padre, Ciro prefería él mismo encargarse de todo, era muy meticuloso y responsable al cuidar a su mujer; especialmente por esa criatura que se desarrollaba en su vientre y que él tanto anhelaba. La atendía con un cariño y esmero único: los cojines para aliviar la presión en la cintura; el tesito caliente contra las flatulencias; el caldito de gallina; la masajeada en la barriga; la crema contra las estriíllas; todas las mañanas cuando se despertaba, le ponía sus clásicos preferidos: *Beethoven, Tschaikowsky, Pietro Mascagni,* los impresionistas *Strauss* y *Mussorgski* –con sus cornos y trombones que le ponía carne de gallina-; y así, toda una serie de atenciones, procurando siempre que se sintiera confortable y a gusto. Hasta que un día su ginecólogo –quien, además, era el médico particular de la familia (digamos que más por parte de ella), y que sin saber porqué, Ciro no podía ver ni en pintura-, le sugirió que se internara en la clínica, pues había el riesgo de un parto prematuro. Ciro (como era de esperar) no contento con la sugerencia y visiblemente mortificado, pensó:

"Dios mío, y ahora quedará sola y en manos de ese doctor, en esa clínica de porquería... ¿Qué le harán, cómo la cuidarán?"

Se sentía de tal manera comprometido con el desarrollo de esa criatura, que se le había metido en la cabeza que de todas maneras sería mejor esperar el periodo normal de los nueve meses.

"Pero doctor, no se da cuenta que le falta todavía un mes. Por qué se la lleva, aguántese mejor unos treinta días más. A ver... ¿y si nace maltrecho o enfermo? ¡Contésteme, contésteme!" Discutía, se ponía nervioso: "Puede ser que como ginecólogo conozca de ovarios, trompas de Falopio, conductos uterinos, vaginas, sistema urinario y de todas esas cosas que tienen las mujeres, pero en cuanto a cuidados y atenciones nadie pero absolutamente nadie puede hacerlos mejor que yo. Felícita me necesita a mí y a nadie más, métase eso bien en la cabeza", lo miraba con celos, desconfiadamente. Veía como las enfermeras la desvestían, poniéndole un camisón blanco; le desinfectaban la barriga y el pubis con un líquido yodado amarillento.

El doctor tolerante y comprensivo por la angustia del cónyuge, le puso la mano en el hombro y le dijo con confianza:

"Pueda que tengas razón y te felicito por ser tan responsable y preocupado por tu mujer. Sé lo tanto que deseas este niño, pero mejor sería que te relajaras un poco en el cuarto de espera, lee algo, distráete un poco, y deja mejor que yo haga mi trabajo tranquilo, te parece. No es la primera vez que atiendo estos casos." A pesar de que sabía que entre ambos reinaba una cierta antipatía –como se dice, no hacían buena química-, nunca se había imaginado que Ciro iba a reaccionar así: "¿Ciro, qué pasa contigo, por qué te comportas así? ¿Acaso no nos conocemos desde hace años? Entiéndelo, esa barriga no puede esperar ni un día más, sus contracciones son cada vez más frecuentes y cortas."

Abrió la puerta del recinto de espera y lo invitó a pasar: olía a humedad guardada, sin ninguna ventana y sin ventilación. En la sala contigua las enfermeras acomodaban la mesa junto con los equipos e instrumentos médicos.

"¿Perdón, cómo ha dicho: qué me relaje?...", le hablaba de Usted, siempre guardando la distancia: "¿Me quiere tomar el pelo o qué? Aquí se trata de la vida de Felícita, mi mujer, y de ese ser indefenso que late dentro de su cuerpo. Espere mejor a que cumpla los nueve meses, como manda la naturaleza. Lléveme donde ella, quiero estar a su lado." Le ordenaba en forma cortante.

"Pero Ciro, por favor, si sabes perfectamente que no se puede, reglamentos son reglamentos." No era la primera vez que tenía que dar explicaciones de esa índole, pero su forma de actuar ya era el colmo: "Carambas, me sorprendes, yo soy el médico de la familia, o ya te olvidaste."

"Sí, por eso mismo. Quiero verla, y ahora mismo." Insistía.

"Toma las cosas con tranquilidad, ya te he dicho que no hay de qué preocuparse, ella no sería el primer caso: puede nacer hasta sietemesino y sin problemas. Te pediría por favor que te serenes, siéntate aquí nomás y espera, ¿de acuerdo?" Le daba palmaditas en la espalda. Le sonreía pero en el fondo le provocaba matarlo.

La incertidumbre de cómo será, si nacerá sano o no, si se parecerá a él o a la madre, torturaban a Ciro cada minuto.

El médico tratando de ponerse en el lugar de Ciro, y antes de atender a Felícita, ordenó que le trajeran un vaso de agua con dos pastillas, para que se calmara. Pero no sirvió de mucho: se paraba, sentaba, se volvía a parar; se frotaba la cara, se halaba los pelos, pateaba las sillas; fumaba a pesar de estar prohibido, dando vueltas alrededor del cuarto. Lo único que le importaba era estar junto a su mujer. Miraba el reloj cada cinco minutos, imaginándose lo peor.

"¡Maldita sea, tres horas y todavía nada! ¡Mi hijo, mi hijo, cómo será, cómo será!", repetía a cada rato. Desde que se enteró que Felícita estaba en cinta, se leía cuanta literatura de embarazo y bebés que encontraba por allí. "*Dilatación, expulsión y alumbramiento... Dilatación, expulsión y alumbramiento...*", repetía, acordándose de lo que había aprendido: "Si en el 95 % de las mujeres el parto se efectúa casi al final de los nueves meses, por qué mierda entonces tiene que ser diferente con mi Felícita." No podía ni quería aceptar que pudieran haber excepciones. "Cómo le metan cuchillo, fórceps, tenazas, o esas cosas, le juro que me quejaré ante el colegio de médicos para que le quiten la licencia." Rezaba pensando en ella: "*Avemaría purísima, llena eres de gracia...* Mi amor, tranquilízate, esperemos pues que no pase nada. Sé que no es fácil, pero como estoy seguro que el bebé, nuestro bebé, está en una buena postura, ya verás que nacerá sin dificultades."

Se echó boca arriba en el piso y separó las piernas y comenzó a dar instrucciones a su mujer, repitiendo los ejercicios que habían practicado juntos todos estos meses, como si estuviera a su lado:

"Ven, repite conmigo, respirando sincronizadamente: *Y UUUNA, Y DOOOS... Y UUUNA, Y DOOOS...* Así, así, no pares, no pares, hay que anchar ese cuello uterino. Otra vez: *...Y UUUNA, Y DOOOS... Y UUUNA, Y DOOOS...* Perfecto, vas a ver que pronto se romperá la membrana y saldrá el líquido amniótico...", botaba el aire enérgicamente; su cara se había puesto roja y le sobresalían las venas del cuello: "...Bien, bien, lo estás haciendo muy bien. Ahora cierra fuerte los puños y mira al cielo imaginándote cómo podría ser nuestro hijo: sus ojitos, la cabecita, el olor de su piel, todo arrugadito y precioso. Confía en Dios, mi amor, eso te va dar fuerza."

Como era católico le había prometido al cura de su parroquia rezar los 270 días que duraría el embarazo. Se arrodilló, se persignó tres veces en la frente y en el pecho, y comenzó: *"¡Oh mi grandísimo Jesús!, os ruego con el mayor fervor imprimáis en mi corazón vivos sentimientos de fe, esperanza y caridad, verdadero dolor de mis pecados... Avemaría purísima, llena eres de gracia..."*

Un grito desgarrador de mujer que provenía del cuarto contiguo lo hizo volver en sí: se paró, miró nuevamente el reloj y al darse cuenta que habían pasado dos horas más, exclamó asustado:

"¡Mi mujer!... Virgen Santísima, madre de todas las madres, qué le están haciendo ahora. ¿Habrá nacido?... Imposible, si todavía está en la fase de dilatación." Conjeturaba lo que podría estar sucediendo con ella: "¿O a lo mejor me equivoco? ¿Ya estará en la etapa de expulsión?... Bueno, no importa, lo importante es que el feto esté boca abajo, así no habrá necesidad de rectificar su postura. Seguiré rezando...", volvió arrodillarse: *... ¡Miradme, oh mi amado y dulcísimo Jesús!, postrado en vuestra santísima presencia y con todo mi amor y con toda mi alma, contemplaré vuestras cinco llagas..."*, besó el dedo gordo de la mano y se volvió a persignar: *"... En el nombre del Padre, del Hijo y del Espíritu Santo, amen."*

Pero eran esos llantos desgarradores, violentos, de su mujer que no lo dejaban ni rezar.

"¡AUUU, AUUU!... ¡HUFFF, HUFFF!... ¡Cómo duele, no puedo más, no puedo más!", escuchaba que gritaba a todo pulmón. Podía

sentirle hasta cómo se retorcía de un lado a otro: golpeaba los brazos sobre la mesa, mordía la frazada, sus dientes crujían.

Ciro pendiente de todo no despegaba la oreja de la pared.

"Hmm... seguro que ahora debe ser la pelvis que le molesta. Apuesto que ni le están protegiendo el perineo. Aguanta, mi amor, aguanta que ya falta poco. No pares, no pares, respira, respira...", la alentaba.

Se concentraba pensando en la barriga de su mujer; se tocaba el abdomen como si fuera de ella:

"¿Pero qué raro, por qué será que hasta ahora nunca he sentido el cuerpo del feto duro: siempre blando, igual que una masa cartilaginosa flotando dentro de una bolsa de agua?" Se preguntaba preocupado. Presionaba sus dedos a la altura de la vesícula, inflaba la barriga, la ponía dura; se lamentaba: "Qué le costaba a ese doctorcito esperarse un tiempito más. Si todo lo tenía perfectamente calculado: la constitución de sus centros de osificación, las suturas membranosas del cráneo, el desarrollo de sus genitales, sus manos, brazos, las palpitaciones de su corazón, la fuerza de sus patáditas, todo, absolutamente todo." Recordó lo que había leído ahora último en la revista *Mi hijo*, edición numero 35: "Seguro que está así porque hasta antes de los ocho meses su cuerpo se cubre de lanugo con un unto sebáceo, hundiéndosele el útero en la pelvis. Claro, eso debe ser. Menos mal que siempre estuve detrás de ella para que no comiera tanto, sino ahora estaría gorda como una ballena. Porque eso sí, cariño, tienes que reconocerlo, con qué caprichos te devorabas todos esos pasteles de acelga, empanaditas de queso, jamón y todo lo que engordase, verdad." Medía imaginariamente a su hijo, separando las manos: "¿Será así o así, o de repente así?... De todas maneras no creo que pase los 35 centímetros. Nacerá pequeño pero con el corazón grande, igual que yo... Je-je-je" Se reía orgulloso.

Eran las cuatro de la mañana. El cuarto de espera era lúgubre, tétrico, con una atmósfera pesada, densa: el piso estaba cubierto con una alfombra persa marrón oscura, desgastada por el tiempo; pegado en la pared, al costado derecho de la puerta de entrada, había una hilera de seis asientos de un marroquín negro barato, resquebrajado, y junto, con un sofá con el forro fondeado y dos sillas viejas que se desarmaban solas; la luz era paupérrima, sin ventanas, con una ventilación asfixiante.

"¡Espera, espera, maldita espera!", maldecía, golpeaba las paredes con los puños.

Los gemidos de su mujer se hacían cada vez más intensos, se mezclaban con ruidos metálicos –parecían tijeras, tenazas, o algo así.

"¡Le están cortando el cordón umbilical, su primera inspiración, el parénquima pulmonar!", fue lo primero que pensó. Adhirió su cara más al muro, pegaba la oreja y mejilla derecha, separando bien los brazos y piernas; se acordaba siempre de todo lo que había leído: "Anda, por qué no le pegan en el potito. Respira, despliega esos pulmones, hazlos esponjosos... ¿Pero por qué no llora, se habrá muerto?" Eran otra vez las dudas que le traicionaban los nervios; golpeaba la pared: "¡Qué ginecólogo, ni médico ni nada, carajo!¡Qué le están haciendo, qué le están haciendo!"

Escuchó que una voz femenina –parecía ser de una de las enfermeras asistentes-, le hablaba al doctor preocupada: *"Pero Doctor, hasta ahora no se ve nada, solo líquido, mucho líquido... ¡Dale, hija, empuja, empuja!"* La alentaba subiendo el tono. Conforme iba pasando el tiempo y el feto se hacía más visible, el resto del personal que ayudaba al doctor también gritaba en coro: *"¡Eso es, em-pu-ja... empu-ja!... ¡OHH, OHH!... ¡Qué es eso, qué es eso!"* Exclamaban estupefactos, porque no podían creer lo que veían. Al médico, en cambio, ni se le escuchaba, concentrado en su trabajo, cortando aquí y halando allá.

"¿Qué está pasando allí? ¿Por qué no dice nada el doctor?", se preguntaba nervioso.

Sintió miedo, mucho miedo.

"Desgraciado, me las vas a pagar, lo sabía, eres un carnicero. ¡Abran, abran que soy el padre!", pateaba, arañaba las paredes.

Caminaba alrededor del cuarto, dando círculos concéntricos. Trató de distraerse con las revistas que había encima de la mesa, pero no, era imposible, no podía concentrarse; se pinchó el dedo con la púa de un cactus.

"¡Mierda, me pinché!...", se chupó el dedo; todo lo maldecía: "A quién se le ocurre poner una maceta con un cactus espinoso. Si serán idiotas, sabe Dios de qué desierto arenoso y seco lo habrán recogido, justo aquí, en este lugar donde todo debería ser blanco y oler a fresco, recién nacido. Aguantaría hasta geranios o margaritas, pero cactus, y todavía del más espinoso."

Ahora se tocaba la cara pensando en el lunar que tenía en la mejilla:

"¿Y si es cancerígeno, será congénito, lo habré contagiado?", lo apretaba, hurgaba: "Ha crecido, maldita sea, debiste chequearte primero donde el dermatólogo." Sacó un espejito de su casaca para verlo mejor: "Hmm... encima está negro y con pelos. Bueno, de todas maneras creo que si hubiera sido maligno, hace rato que lo habrían notado cuando me hicieron la prueba de sangre." Pero como era pesimista y desconfiado, miró en una cédula que tenía siempre guardada en su billetera: "Aquí está: *RH* positivo, grupo *A*. Ojalá que lo del *positivo* no se refiera también a otra cosa."

Se volvió a sentar.

"Caramba, mejor hubiera contratado a una partera, de esas que ayudan a las indígenas a parir a sus hijos en la orilla de los ríos, bien natural, sin esos médicos de porquería, ni instrumentos sofisticados."

Apoyó la cabeza con las manos, miraba el suelo, pensando en su hijo; se ofuscaba con ideas descabelladas:

"¿Y si me fingen que nació muerto para luego llevárselo a Arabia Saudita y comercializarlo a cambio de petro-dólares? ¿O de repente ya lo entregaron al mismo *Usamu, Osami, Osama*, o como se llame, escondiéndolo en una covacha, allá, bien lejos por el *Hindu Kush*? ¿No dicen acaso que los doctrinan para el *Yihad* desde muy pequeños? Con razón que al doctorcito ese, nunca lo he visto andar con una mujer, ni hijos ni familia, grandísimo traficante, comerciante de niños. Mi madre, que en paz descanse, siempre me ha dicho: *Hijo, nunca tomes como ejemplo a esos que se dedican solo a su profesión, porque terminan egoístas y corruptos.*"

Miró el reloj por veintava vez, le provocó salir del cuarto para respirar otro aire, pero no pudo: habían cerrado todas las puertas con llave.

"¡Me encerraron, esto es el colmo!"

Trató de relajarse entonado canciones de cuna, pero como no se acordaba bien de las letras, las cantaba a su manera, cambiándoles las palabras:

"... *Duerme mi niño duerme feliz, que ya viene el cuco y te hará feliz... De la leche sale el queso y del queso el requesón y del huequito de tu madre saliste cabezón... Con esta sí con ésta también, con esta calabaza me junto yo...*" Y luego seguía el *Arroz con leche, Cachirulo y los cuatro nautas, Chapulín colorado*, y así sucesivamente.

Daba vueltas y vueltas, bordeando todo el perímetro del cuarto; ilusionado pensaba en su primogénito.

"Hijito, mi corazoncito de melón, no temas que *Papi* está contigo, sí. Si supieras como te deseo, no me importa que seas blandito y chiquito, con tu cuerpito delicadito. Ay, seguro que se te ven también las venitas azules en tu cabecita... ¡Qué emoción, qué emoción!"

Lo mecía imaginariamente cruzando los brazos en forma de cuna.

"Si eres varoncito, pues te llamaré *Boris*, en honor de tu abuelo. Quién como él que siempre fue optimista, alegre, nunca se hacía problemas de nada. Yo lo admiro mucho: no en vano tuvo el coraje de criar él solo a diez hijos. Y si naces mujercita, ah, qué emoción, te bautizaré, *Fe Alegría*: nombre compuesto con dos palabras y que se complementan perfectamente, como para contrarrestar el sufrimiento de esta espera. ¿Qué te parece, te gusta?... Se me acaban de ocurrir ahora. Pero eso no es todo, ya arreglé también tu dormitorio..." Como lo imaginaba chiquito, pensaba todo en diminutivo: "... La cunita chiquita con su malla blanquita para protegerte contra los zancuditos; las lucecitas psicodélicas de neón rojitas, azulitas y amarillitas para alegrar tu cuartito; el acuario de pescaditos doraditos; todo un zoológico de animalitos: el elefantito con su elefantita, el chanchito con su chanchita, el patito con su patita, y así, muchos pero muchos animalitos más. Con decirte que te he puesto hasta el osito Yogui con toda su familia."

Agudizó más los sentidos a ver si escuchaba los llantos de su hijo.

"¿Anda, por qué no lloras, ejercita tus pulmones, sí?..." Comenzaba a impacientarse: "¡Llora, pues criatura, llora!... ¡Boris, Fe Alegría!" Los llamaba por su nombre, alzaba la voz.

Nada, lo único que se escuchaba era el eco de su propia voz que remecía entre las paredes del cuarto. Al frente de él colgaba un retrato de una enfermera que cruzaba el dedo índice con la boca haciendo una cruz, indicando silencio. No sé por qué pero había algo en la foto que le atraía, así que se sintió aludido:

"¿Y tú qué miras?... Apuesto que también eres una de esas que trabaja con él. Con esa cara de mansa paloma, poniendo esa boquita de caramelo no me vas a seducir, ya. Cómplice de ese doctor, bueno para nada. ¿A quién quieres callar?... ¿A mí?...", se hincaba el dedo en el pecho "... Para que lo sepas bien, solo me callaré si me traes en este momento a mi calatito, ¿o será calatita?... bueno, no importa, da igual."

De un momento a otro y sin precisar exactamente de dónde, escuchó el Intermezzo Sinfónico de la *Caballería Rusticana*, tocado por el mismo *Pietro Mascagni*, que él acostumbraba poner a la hora del desayuno para levantarle el ánimo a su mujer.

"¡OHH!... qué maravilla, pero si es el mismo Maestro *Mascagni*, con esas cuerdas templadas, recias, qué dulzura de tonadas." Por un momento se olvidó de lo que le preocupaba, deleitándose con la música.

Bailaba moviéndose como trompo de una esquina a otra, con saltitos aquí y vueltas a allá; alzando los brazos y agitando elegantemente las manos. La luz turbia, fría que iluminaba el ambiente comenzaba a clarear; titilaba, cambiando de amarillo intenso –casi blanco-, a azul y luego a verde; mutándose las tonalidades como si anunciaran un gran acontecimiento. Mientras bailoteaba al compás de la música, no quitaba la vista del cuadro. Se alejaba de la realidad, concentrando sus pensamientos solamente en ese retrato de 50 por 40 centímetros. Escuchó que del cuadro emanaba una voz dulce, sublime de mujer que le decía:

"¿Quieres ver a tu hijo, verdad?"

La foto de la mujer se diluía lentamente como un bloque de hielo encima de una brasa caliente; transformándose ahora en una enfermera esbelta, grande, parecía viviente.

Ciro conmocionado, tenía que sentarse para digerir mejor lo que estaba viendo.

"¡Dios mío, será acaso la Virgen María disfrazada de enfermera!... ¡Sí, sí, por favor!", contestó ansioso, la voz le temblaba. Se arrodilló frente a ella y comenzó a rezar: *Dulcísimo Señor Jesucristo, que vuestras llagas sean para mí manjar y bebida con los que me alimente... Padre nuestro que estás en los cielos...*", se persignaba.

Su aura lo abrigaba igual que un abrigo grueso de piel de oso, sudaba por todo el cuerpo.

"Pero solo bajo una condición: que te relajes y me dejes entrar a mí primero", sugirió ella.

"Sí, sí, me relajaré, ve de una vez y apúrate, apúrate", le hablaba como un niño que espera ansioso su regalo.

La figura desapareció, y al rato volvió asomar pero esta vez sentándose junto a él. La sentía, pero no la podía tocar, olía a bebé recién nacido.

"Alégrate Ciro, te doy una buena noticia: eres padre de una hermosa, bella, grande...", interrumpió la oración, no le salía la palabra.

"¿Querrás decir mujercita, no?... ¿Y qué más?... ¡Continúa, continúa!..."

"Este, como te puedo decir, no necesariamente, quiero decir..." No sabía cómo explicarle.

"¡Habla pues, habla!... ¡Qué ha sucedido!", volteaba confuso, mirando por todos lados; se mordía las uñas, se halaba los pelos.

La imagen de la mujer flotaba encima de su cabeza. Se colocó a la altura de sus ojos, ondulándose:

"Bueno, lo que te quiero decir es que es muy especial, porque no tiene... este, cómo te explico..."

¡Sigue, sigue!..." Se presionaba el pecho con el puño derecho a la altura de su corazón, y con la otra mano se frotaba la cara.

"Es que, cómo te digo... nació sin cuerpo, sin nada, ¿me entiendes? Pero no te preocupes que de todas maneras se ve linda, preciosa..." No quería impresionarlo; comparaba su apariencia física: los rasgos de la cara, el color de su piel: "...Anda, alégrate, porque creo que hasta se parece a la tuya."

"¿A la tuya?... ¿A qué te refieres, no te entiendo, sino tiene cuerpo?.." Instintivamente se tocó el lunar que tenía en la cara; lo tapaba con la mano para que no lo viera: "Dime qué le falta: ¿Te refieres a mi lunar: lo tiene más grande que el mío, le cubre la mitad de la cara? ¿Nació sin manos, dedos, pies? ¿Tiene una sola pierna con un pie gigante?¿El tronco lo tiene torcido y la cabeza sin ojos ni boca?... ¡Habla por el amor de Dios, habla!" Gritaba alterado.

"Cálmate, ya te dije, no tiene anatomía, nació sin cuerpo, eso es todo. Es una simple, pero grande, muy grande..." Nada, no sabía cómo decírselo.

Ciro se volvió a arrodillar y con una mezcla de emociones difíciles de explicar, estalló en llanto, suplicándole:

"No importa, pues tráeme lo que tenga, pero por favor, no me hagas esperar más que me voy a volver... ¡LOCO! ¡LOCO¡ ¡LOCO! ¡LOCO! ¡LOCO! ¡LO...!" No paraba de repetir el adjetivo; lloraba a moco tendido.

"Está bien, cálmate, cálmate, entonces le diré al doctor que te la traiga." Y desapareció en forma de nube, traspasando la puerta.

En el momento en que Ciro levantaba la vista para ver qué sucedía, un rayó fulgurante se filtraba entre las rendijas de la puerta de la sala de partos que se abría, obligándole a cubrirse los ojos con las dos manos: Era el doctor quien salía con aires triunfales, cargando en sus brazos una oreja de 42 centímetros de largo por 25 de ancho, bien envuelta con algodón y gasa; en su cuello llevaba colgado el cordón umbilical aun fresco –goteaba un líquido aceitoso–; atrás le seguían el anestesista y las dos enfermeras: murmuraban entre ellos, todos embarrados con sangre y restos de la placenta pegados en su indumentaria. Por la puerta de emergencia que daba a la calle, salían unos hombres vestidos de negro que ponían el cuerpo inerte de una mujer sobre una camilla de aluminio y se la llevaban rápidamente en una carroza también negra.

El doctor se acercó donde Ciro y le entregó la oreja, diciéndole macabramente:

"Tal como te lo prometí, aquí tienes lo que tanto has anhelado: TU HIJO. Ah... pero antes que me olvide, háblale mejor de cerca y en voz alta porque creo que no escucha bien." Y se retiró junto con el resto del personal, arrastrando los pies, cansados por la larga faena.

Ciro, totalmente abatido y ciego de emoción, cogió la oreja con ternura y hundiendo su cara, que casi desaparecía entre tanta formación cartilaginosa, le hablaba conmovido:

"¡Hijo... hijo mío, me escuchas!"

Felícita al ver que su esposo otra vez no la dejaba dormir, porque gritaba enterrando su cabeza en la almohada, le tiró un chancletazo con furia, y le dijo:

"¡Ciro, por favor, otra vez con lo del hijo! Ya te he dicho, si no confías en mi doctor, por qué no mejor te esterilizas o lo hago yo, y adoptamos un hijo y se acabó el problema."

Una prueba difícil

A Camilo no le estaba yendo bien. En la profundidad de sus sueños se imaginaba que luchaba infatigablemente para llegar a esa cumbre y decirles a todos desde allá arriba que por fin pasaría la prueba. Trepaba con dificultad elevados estantes llenos de libros, pisaba con cuidado uno por uno, arañando la madera con las manos y prendiéndose en cada arista, borde y canto que encontraba libre. Un grupo de cinco connotados académicos observaba a Camilo a 75 metros de altura, en el último estante de ese inmenso mobiliario de sabiduría almacenada, con socarronería, bajándole la moral; estaban sentados cómodamente sobre los resúmenes de estudio que él había preparado para rendir esa prueba.

Desde abajo Camilo los podía distinguir claramente: en el centro, bien sentado, fingiendo tranquilidad, con las piernas cruzadas igual que un apache y mirándole con ojos retadores, el Doctor Artidoro Sincompasión Rocadura: Decano de la facultad de Ciencias Económicas y Administración de la Universidad –un hombre duro de sentimientos y frío como el hielo–; a su izquierda, enseñando su risita de hombre altanero, de sabelotodo, el profesor Efraín Sabio: tutor y profesor titular del curso de Gerencia Integral; a la derecha, el más hipócrita e intrigante de toda la plana docente, el Licenciado Hipócrito Despiadado: responsable de los tópicos de desarrollo de Personal y Organización; y a los extremos, todos orondos, el titular del curso de Estrategia Competitiva, Florindo Rosca –otro detallista académico que más parecía un artista afeminado de cabaré–, quien conversaba intrigantemente con el secretario académico, Arturo Chupamedia –un sobón y tramoyista de primera.

Camilo muy seguro y fiel a sus convicciones, no se dejaba aplastar por ellos. Quería llegar de todas maneras allá arriba, a la cumbre, y demostrarles que podía aprobar y que después, con su título a nombre de la Nación, trabajaría con profesionalismo, atendiendo siempre la ética y moral. Con qué valentía luchaba, trepando ese inmenso mueble de madera, escalando anaquel por anaquel, manoteando miles de libros, textos de estudios, enciclopedias, manuales, tratados, compendios.

El Dr. Sincompasión Rocadura –decano de la facultad y presidente del jurado calificador-, le hablaba con un tono provocador, como incitándole a que mejor tirara las armas y dejara de luchar:

"¿Con qué quieres rendir la prueba, no?... Eres un alumno obstinado. Yo detesto a los luchadores y encima tozudo, convéncete de una vez, tú no vales nada." Le advertía maliciosamente; se paraba para verlo mejor, y continuó diciéndole:

"Pero te advierto que la prueba no será fácil, pero bueno, ya que insistes... Ja, ja, ja" se reía burlonamente.

Camilo, prendido de una arista del mueble y a dos metros del suelo, le contestaba decidido:

"No me importa, Doctor, aceptaré, porque yo sí la aprobaré, ¿me entiende?... ¿Si quiere puede empezar de una vez?", afirmó decidido.

"Mira, tú... así que encima bravucón, no", habló por allí el Lic. Despiadado –profesor del curso de Desarrollo de Personal y Organización-: "Conque rehuyes la advertencia del decano, a ver, a ver..." Se arrimó junto a la autoridad máxima y le lanzó la primera pregunta del examen: "Tú, que dices estar preparado, respóndeme: ¿En qué consiste el tratado de *Likert*?"

"Esa pregunta es elemental, Licenciado, por qué no me pregunta algo más difícil." Camilo había estudiado muy bien todos los trabajos de ese autor. "Pero bueno, le contestaré de todas maneras: Su tesis se sustenta en que las variables casuales del comportamiento administrativo y de la estructura de la organización afectan y son afectadas por ciertas variables mediadoras, tales como: factores motivacionales, desempeño de la meta, alcance y naturaleza de la comunicación, y el carácter de los factores interacción-influencia..." Hizo una pausa para sacarse una astilla de madera que se le habían incrustado en la mano; miraba al decano de reojo, como diciendo: *Usted y todos sus cómplices, sarta de académicos acomodados, no me bajarán la moral ni aún estando muerto*; y continuó diciendo: "¿Ahora si usted quiere profundizo también la teoría con ejemplos?"

Silencio arriba, nadie decía nada, evaluaban callados. Camilo había logrado subir tres metros más.

Efraín Sabio –su tutor entre comillas-, de puro arrebato le arrojó el libro *La Gerencia de Peter Drucker*, por la cabeza. Como letrado que era, con una amplia experiencia docente y estudios de post grado en *Oxford*, no podía ni quería aceptar que su propio discípulo de aula le superara en conocimientos.

"Mi querido A-LUM-NO...", entonaba a propósito cada sílaba del vocablo. "Sépalo bien que conmigo se abstendrá de indirectas, ¿está claro?"

El golpe con el libro le había abierto una herida de tres centímetros en el cuero cabelludo. Con una mano se apoyaba para no caerse y con la otra contenía la hemorragia de sangre que le mojaba todo el pelo.

"¡Auu, Auu!... ¡pero por qué me hace eso!", se retorcía de dolor, se agarraba la cabeza.

"¡Bien hecho!... Así se hace, profesor Sabio, que no estamos para escuchar eufemismos ni menos evasivas de esa clase.", el Dr. Sincompasión aplaudía; le guiñaba un ojo como queriendo expresar: continúa que estoy contigo.

"Gracias, Doctor, muchas gracias. Bueno, Camilo, a ver si con el golpe te acuerdas mejor sobre lo que te enseñé acerca del planeamiento estratégico... Je-Je-Je", se reía sarcásticamente.

"¡Auu-Auu!... ¡duele, duele!", se quejaba.

"¡Ji-Ji-Ji... ¡Pues qué le duela, qué le duela!", intercedió el secretario académico, Arturo Chupamedia, quien le sugería: "Efraín, él tiene razón, pregúntale algo difícil." Como era padrino de su hija, se trataban con confianza.

"Gracias, compadrito por el consejo, pero no hace falta, a éste de todas maneras lo liquido ahorita." Se volvió a dirigir a su alumno con socarronería:

"¿Te ha dolido, Camilo? ¿Te hice daño?... Pobrecito, cuánto lo siento, ahora ya conoces mi metodología: conmigo las preguntas se hacen con sangre. ¿O prefieres mejor la regla con filo?... ¡Ja, ja, ja!", estalló en carcajadas; le enseñaba a propósito una varilla de 40 centímetros con puntas en los extremos y afilada a los costados.

Los demás se jaraneaban a lo lindo viendo como sufría.

"¡Nooo, por favor, con la regla nooo!", suplicaba Camilo, se cubría la cabeza.

"Así me gusta, alumno Camilo, perooo...", y suácate, de todas maneras le volvió a tirar el segundo tomo de *Peter Drucker* (era más ancho que el anterior: 25 centímetros de largo, 18 de ancho y 7 de alto, un verdadero ladrillo)

Camilo había sufrido una leve conmoción cerebral, se sacudía la cabeza; la sangre chorreaba por la cara, empañando sus lentes.

"Perfecto, perfecto, así me gusta alumno Camilo, esto ha sido solo una advertencia, y ahora, aquí va la segunda pregunta: ¿Qué entiendes por rentabilidad como limitación?... Ah, y trata de ser conciso con la respuesta, sino, ya sabes, te arrojo el tercer tomo."

Mientras buscaba una posición más adecuada, sentía que el brazo izquierdo se desprendía del hombro como una masa coloidal: se le había ablandado de tal manera que cayó al piso como gelatina. Pero, aún así, aguantando valiente, continuaba esforzándose para seguir adelante. El dolor era tan intenso que la herida de la cabeza casi ni la sentía. Respiró profunda y pausadamente para responder a la pregunta:

"Bueno, se refiere a que no debe ser tan elevada que uno no pueda esperar prudentemente darle alcance..." Pisó en falso, trastrabilló un anaquel más abajo; se apoyó en un archivador que había quedado enganchado en el estante numero 20. Recuperó algo sus fuerzas y continuó con la respuesta: "Porque si la rentabilidad es inadecuada para los objetivos, es necesario depurar éstos. La empresa no debe aspirar más allá de sus posibilidades. Eso sería todo, profesor."

Un silencio absoluto, nadie se atrevía preguntarle algo por temor a quedar en ridículo. Hasta que le volvió a hablar su tutor:

"Hmm, qué interesante... ¿Así qué eso sería todo, Camilito, has venido preparadito, no?", le hablaba con ironía; por dentro le corroía la envidia, se frotaba el mentón. Se paró y otra vez sin poder dominar su vehemencia, le arrojó el tercer tomo que le cayó en la nuca, dañando el nervio entre la cuarta y quinta cervical. Desde abajo se escuchaba un solo *¡AUU-AUU!* de lamento.

Camilo se frotaba el cuello, apoyándose con dificultad aquí y allá; había logrado subir 9 niveles más. Comenzó a sentir un dolor agudo en la pierna derecha que cada vez que se movía, se hacía más fuerte. Sentía que no podía controlar la pierna, hasta que se desprendió y cayó despachurrada en el piso.

"¡Ya ves, te lo advertí, no has debido retarme! El que quiere celeste pues que le cueste... Je, je, je", volvió a advertirle el Doctor Sincompasión. Tomaba nota de todo lo que observaba: su comportamiento, la calidad de las respuestas, y reacciones de sus colegas.

Ya eran las tres de la tarde y todos reclamaban su lonche. El Dr. Sincompasión aprovechó para sacar de su maletín un termo de café y pastelitos para compartirlos con los demás. Mientras disfrutaban de su lonchecito, platicando con la boca llena, arrojaban una lluvia de migajas que caían a Camilo.

"¿Y, por qué no avanzas?", le insinuaba el doctor con la boca que le reventaba por el buen trozo de pastel que se había metido. "¿No dices acaso que quieres llegar a la cumbre? Pues apúrate que estás subiendo muy lento, ¿o acaso crees que te vamos a esperar todo el día aquí arriba?... Ja, ja, ja", se rió, tosió, se atoró.

El secretario académico, Chupamedia le seguía la corriente:

"Sí, Doctor... ¡qué se apure, qué se apure!", miraba a Camilo "¡Más rápido, más rápido!... Ji-Ji-Ji." , se reía como hiena; saboreaba con gusto el dulce que le había obsequiado su jefe: "Mmm, qué rico está... ¿lo preparó su señora?"

"No seas idiota Chupamedia, si sabes perfectamente que no soy casado.", le corrigió molesto.

"Disculpe, jefe...", respondió, bajando la mirada "Es que por el stress de la prueba lo había olvidado por completo, ¿me perdona?"

Al doctor no le gustaba que se inmiscuyeran en su vida privada, además, detestaba que lo lisonjearan.

Abajo se escuchaba los gritos desgarradores de Camilo: eran los dolores fantasma de la pierna derecha que había perdido.

"¡Ya me fregué!", fue lo primero que pensó *"¡Dios, ayúdame por favor, dame fuerza, dame fuerza! ¡Tengo que llegar, tengo que llegar!"*, trataba de darse ánimos.

Ahora le quedaba más que el brazo derecho y la pierna izquierda.

"¡Mira, qué gracioso, cómo se mueve!", atinó a decir Florindo Rosca –el profesor afeminado del curso de Estrategia Competitiva-; señalaba con el dedo, amaneradamente: "Ay, pero si tiene un movimiento contagioso: una pa' aquí y otra pa' allá... *¡HIP HOP!... ¡Lambada, Lambada!*", imitaba los movimientos, levantaba los brazos, quebraba cintura, saltaba en un pie; y con su manera singular de hablar le decía:

"Ay, Camilito precioso, no te preocupes que yo te preguntaré cosas facilitas, nomás, ya." Terminó de engullir su pastel, se ayudaba con el café, hizo un ruido desagradable con la boca, y le lanzó la tercera pregunta del examen:

"¿De qué color tenía el pelo *Michael Porter?*" ... ¡Ji, ji, ji! ", se reía solo, se tapaba la boca; sus colegas no le habían entendido la gracia. Se levantó de su sitio y le dijo esta vez más en serio: "Bueno, eso ha sido solo para darte ánimos, aquí va la fija: ¿me podrías enumerar las ventajas más críticas de costos no igualables por los competidores de nuevo ingreso independiente de las economías de escala?"

Él estaba seguro de que no iba a dar con la respuesta: el tema lo había tomado del último simposio de economía, organizado por el Banco Interamericano de Desarrollo –BID.

Camilo, a 35 metros de altura, y haciendo lo humanamente posible para seguir subiendo, se concentraba en la pregunta, y dijo algo confundido:

"Pero, profesor Rosca, ese tema no lo hemos tratado en el curso. Además, me parece que su pregunta está mal formulada: usted querrá decir más bien factores críticos que influyen en los costos de las economías de escala, ¿no es así?"

El profesor se puso colorado, no le había gustado la aclaración, y solo atinó a decir:

"Esteee... ¡mejor continúe, continúe!", se abanicaba con la mano y pensaba: *"¡Ay, madrecita, este muchacho es un peligro, si sabe más que nosotros! ¡Ay, qué miedo!... ¿Y qué pasaría si el Consejo Universitario decide reemplazarme por él?... ¡Me botarían, me botarían!"*, se preguntaba en silencio.

De tanto apoyares con el pie, los dedos de Camilo empezaban a ponerse morados: sentía la misma sensación que había tenido momentos antes de haber perdido la pierna derecha; pero a pesar de sus dolores siguió diciéndole:

"Por otro lado, si la memoria no me falla, creo que ese tema fue tratado en el XII Simposio de Economía, organizado por el BID, el 29 de Julio de este año en el hotel *María Angola*. Me acuerdo clarito porque fue el mismo día de mi cumpleaños, profesor."

Movía la pierna, la doblaba, la estiraba para que circulara mejor la sangre y evitara que se adormeciera. Se había prendido del librero como lo haría un *Macaco*: apoyaba la puntita del pie en la base del estante numero 40, incrustando los dedos de la mano en el filo del estante inmediato superior. Tomó nuevamente aire y continuó diciendo:

"En el simposio se mencionaron los siguientes factores: Tecnología de producto patentado; acceso favorable a materias primas; ubicaciones propicias; subsidios gubernamentales; curva de aprendizaje o de experiencia... ¿Quiere que continúe?" Terminó insinuándole con una pregunta porque ya no podía más, la pierna le molestaba mucho; se sentía cansado y muy abatido: con unos calambres insoportables en el deltoides, bíceps del brazo, músculos gemelos y extensores de los dedos de la pierna.

"Florindo... ¿por qué no le arrojas también un libro?", le sugería Efraín Sabio "Toma, te doy éste..." Era el glosario financiero del curso de macroeconomía: 1500 páginas, una roca que pesaba más de cinco kilos.

"¡Ay, nooo... pobrecito!... ¿Y si de repente lo mato?", y prefirió mojarlo con el resto de café que había quedado en su taza.

Cada vez que encontraba un espacio libre, Camilo aprovechaba para meter la cabeza entre los estantes para protegerla: se encontraba en el número 60, casi ni veía el suelo; no quedaban más que 15 para llegar a la cumbre.

"¡Nooo, por favor, tengan misericordia, en la cabeza ya nooo!", les suplicaba con miedo, pero lo decía no por el dolor sino por temor a no poder aprobar la prueba.

De pronto sintió que la pierna se desgajaba de su cuerpo junto con todo el tronco. Por suerte que su instinto de supervivencia lo hizo agarrarse del mueble, mordiendo el borde del estante 62 con la boca —perdió un diente canino y los incisivos centrales-, y con la única mano que tenía se prendía fuertemente de una tabla que sobresalía de un anaquel, más arriba. Los pedazos de carne amputada caían como si fuesen trozos de una esponja gelatinosa: se quedaban pegados en los bordes puntiagudos del librero; chorreaban un líquido que barnizaban las columnas del librero con un color rojo oscuro espeso.

"¡Qué aguante, qué aguante!", gritaba por allí el Lic. Hipócrito Despiadado; se concentraba leyendo la cronología de los principales acontecimientos de la Teoría Clásica de la Administración; marcaba los nombres con plumón amarillo: "A ver, quiero que ahora me contestes rápido y sin titubear, los libros que escribieron los siguientes autores...", recorría la pagina 85 con el dedo índice:

"¿A. Brown?..."

"...*Organization in Industrie*, Licenciado", le contestó, como siempre, muy seguro de sí mismo; todavía le mencionaba los títulos originales en un inglés limpio y sin acento.

"¿*George A. Terry*?..."

"... *Principles of Management*"

El profesor pasó a la página 91:

"¿*R. Valentine*?..."

"... *Performance Objectives for Managers*"

Nada, no podía con Camilo, era muy bueno.

"*¡Ya te jodiste!...*", le maldecía en su interior, el profesor: "*¡Mierda! así que quieres demostrarnos que sabes más que nosotros, ¿no?*" Sacó otro libro de empaste rojo. Los otros observaban callados, expectantes.

"A ver... cambiaré el enfoque de mis preguntas, ¿está claro?", le retaba el Lic. Despiadado, mirándolo con cara de enemigo.

"Como quiera, Licenciado", contestó Camilo; recostaba la cabeza, apoyando la mejilla derecha hacia un lado, dentro del estante 70.

Hace rato que había perdido su última extremidad, ahora le quedaba más que la cabeza que se bamboleaba de un lado a otro, dentro de esos espacios cuadrangulares de madera. Se ayudaba deslizándose con la lengua, igual que una caracol, estirándola y poniéndola dura; pegaba sus papilas fungiformes y gustativas en las paredes de los estantes.

"¿Quiénes fueron los autores más renombrados durante el periodo 1964 hasta 1968?... Y por favor, responda la pregunta respetando el mismo orden cronológico", le aclaró el profesor y miraba su reloj: "Le doy más que tres minutos."

Camilo estiró sus 10 centímetros de lengua, empujándola contra el tabique lateral derecho del estante para ayudarse a cambiar de posición, y respondió:

"Harold Koontz, George Odiorne, E.C. Miller, Peter F. Drucker y Ernest Dale...", y como para complementar la respuesta, inhaló una bocanada de aire para decirle: "... ¿Ahora, si usted gusta, puedo mencionar sus respectivos temas?"

El licenciado rendido y dándose por vencido, prefirió cederle la palabra al decano de la facultad, para que diera su veredicto final.

El Dr. Sincompasión, al ver que Camilo había logrado subir hasta la cumbre, le apretaba con saña la cabeza con el pie, llena de llagas abiertas, sin sangre, y una lengua completamente seca, deshidratada; presionaba a propósito sus mejillas con los tacones de sus zapatos para que abriera los maxilares, y, mirando de reojo a sus colegas como diciendo, van a ver que de esta ya no se salva, le atoró un papel en la boca, e incrustándole un lápiz por el conducto de la oreja como si fuera anticucho, le dijo:

"Te felicito, has logrado llegar hasta aquí, pero todavía no cantes victoria porque solo te aprobaré el examen si logras escribir en *Suahili* y con buena caligrafía: *Yo solo sé que nada sé."*...

El estruendoso *TRRRIIIN-TRRRIIIN* del reloj despertador lo había sacudido de la cama, y con un fuerte dolor de cabeza, ayudándose con sus brazos deformes sin manos, haló su silla de ruedas, acomodó sus piernas poliomielíticas, se acicaló como siempre acostumbraba hacerlo, y luego se dirigió a la cocina donde le esperaba su madre con el desayuno listo en la mesa, quien le preguntó:

"¿Hijito, a qué hora me has dicho que empieza tu examen de suficiencia profesional?"

Pautas para una entrevista exitosa

Amigo lector, no es que quiera pecar de impertinente, pero: ¿Le preocupa su futuro?¿Se encuentra desempleado?¿Hace cuánto tiempo que envía solicitudes de trabajo –tal vez tres meses, un año, dos, tres, cuatro-, y hasta ahora nada, simplemente nada? ¿Apuesto que también con el afán de buscar nuevas perspectivas profesionales, se ha capacitado aquí y allá, pero igual, todo sigue infructuosamente igual? ¿O le han invitado a entrevistas donde al final, después de dos horas de interrogatorio, lo miran en forma arrogante y le dicen irónicamente: estamos muy agradecidos por su interés, pero como comprenderá usted no es el único, tenga paciencia que ya lo llamaremos? ¿O a lo mejor, con la esperanza de sentirse como antes, reconocido, importante, hace todo lo posible –por no decir imposible- para calentar nuevamente las antiguas relaciones con los colegas de sus trabajos anteriores, amigos o conocidos en general?¿O quizá ha llegado un momento en su vida donde ya no le interesa nada, se siente un marginado, un don nadie, desmoralizado y con el orgullo lamiendo el suelo?... ¡Pues consuélese, que Usted no es el único! Éstas y muchas otras preguntas más, preocupan y martirizan también a miles, millones de personas en el mundo entero. Preguntas que en muchos casos son difíciles de responder y que van corroyendo el estado de ánimo de todas aquellas personas.

Por eso amigo lector, si se siente identificado con una o más de las situaciones antes mencionadas, le pediría por favor que no lo tome como una crítica, véalo más bien como algo positivo, una buena base para su superación; porque a partir de ahora, leyendo mis consejos, estoy seguro, perdón, segurísimo, que pensará diferente. En este mundo globalizado, universal, de mente abierta, directa, donde todo funciona de una forma transparente, diáfana, sin cohibiciones, la forma es más importante que el contenido. Es la química emocional, el aura, su imagen como persona, las que valen. Recuerde: solo aquellos que logran romper las reglas con éxito son los que tienen el porvenir asegurado.

Hoy en día lo que les interesa a las empresas –y me refiero específicamente a los altos funcionarios, directivos y gerentes en general–, es trabajar con personas que piensen y obren de una forma distinta, original, con patrones de conductas diferentes. Vivimos en el tercer milenio, el siglo veinte hace rato que ya pasó. Hoy los perfiles de exigencia son muy diferentes a como eran hace diez, veinte, treinta, o cincuenta años atrás. Es el recurso humano quien se tiene que adecuar más rápido al cambio –y me refiero no solamente al cambio de funciones, sino a *CAM-BI-AR* en el buen sentido de la palabra.

Tomemos como ejemplo la función de selección y evaluación de personal –hoy en día un tema muy polemizado y que se presta casi siempre a malas interpretaciones. Imaginémonos por un momento que Usted ha sido seleccionado en una terna junto con otros dos postulantes para participar en la entrevista final a fin de ocupar un puesto ejecutivo importante. ¡Felicitaciones! Ya ha dado un gran paso, tiene prácticamente más del 50% del éxito asegurado, ahora dependerá solamente de su carisma como persona –porque conocimientos creo que le sobra–, y de cómo se desenvuelva en esa reunión. En esta fase del proceso es muy importante impactar a esas personas que le observarán con interés (claro que no todos, porque algunos aprovecharán ese tiempo que no están en sus oficinas, para darse un descansito y tomar cafecito con galletas y de reojo hojear la última página de deportes del periódico –y si son mujeres: esmaltarse las uñas y leer el horóscopo), cada expresión y detalle suyo: El timbre de su voz; el ímpetu y seguridad que ponga en cada respuesta; la expresión de sus ojos (si son claros: celestes o verdes, por ejemplo, pues, mejor todavía); si se peina con raya en el medio, al costado; o le sobra más que un pelo de 20 cm en el occipital que lo cuida como si fuera joya; sin tatuajes de culebras, dragones, mujeres desnudas en el cuello, brazos, manos; *piercings* escondidos en la lengua, aretes en las orejas, argollas en la nariz, o en otras zonas visibles de su cuerpo; sin defectos ni granos en la cara, cutis terso y de aspecto juvenil (si por si acaso pasó los cincuenta años, mejor ni se tome la molestia en venir); dinámico y deportista; en cuanto a su forma de vestir: preferentemente con un terno de marca, color gris o azul oscuro; corbata con tonalidades serias (nada de rayitas ni corazoncitos), zapatos bien lustrados, y medias decentes sin coquitos (evite las blancas, podría distraer a los evaluadores.)

Bueno, ahora sí, dejemos mejor los detalles y pasemos de una vez a la entrevista. Le pediría que por favor preste especial atención a las siguientes pautas, respetando siempre el orden de las preguntas y respuestas –si puede, apréndaselas mejor de memoria:

OBSERVACIONES PRELIMINARES

1- Entre al recinto tal como se ha levantado de la cama –si tiene ojeras, legañas, o aliento a burro muerto, pues mejor todavía-; con ropa suelta algo liviana, de preferencia un buzo, olvídese de la corbata, eso ya pasó de moda. Salúdelos con la mayor naturalidad del mundo, *cool*, totalmente *cool*. No espere a que hablen ellos primero, mantenga siempre la iniciativa, y sea directo: usted no ha venido a perder el tiempo con poses cojudas. Piense más bien que lo que quiere es terminar de una vez con esta entrevista, para empezar a trabajar y poder comprarse el carro deportivo descapotable y divertirse rico con las mujeres, los fines de semana.

2- En el caso de que uno de esos uniformados con corbatita, le pregunte algo general como para calentar la sesión, sea original en sus respuestas: contéstele lo primero que se le ocurra, como se dice, del subconsciente, y dígalo tartamudeando, marcando un ritmo pausado y con esa voz de tranca, aguardentosa, ya que todavía no se ha recuperado de la juerga de anoche.

3- Ahora haga un poco de *Tai Chi*, afloje sus músculos, respirando sincronizadamente. Saque el chicle de la boca y disculpándose delante de ellos, péguelo debajo de la mesa; continúe relajándose, extendiendo bien los brazos hacia arriba: haga diez flexiones en el suelo, y frote fuerte las palmas de sus manos para que circule bien la sangre por los vasos capilares del cuello y cabeza. Ahora mire fijamente al jefe de personal y dígale como retándole: *"¡Listo, ya terminé!... puede empezar cuándo quiera."*

Perfecto, lo está haciendo muy bien, ahora sí, vayamos a la entrevista:

I - SOBRE LA EMPRESA

¿Cómo se ha preparado para esta entrevista?
Mire impacientemente su reloj y conteste: *"Casi en nada..."*; inmediatamente sugiérale que pase a la siguiente pregunta; vuelvo a recalcarle: usted no ha venido a perder el tiempo.

¿Qué sabe de nuestra empresa?
Expláyese solo en las cosas que a usted le interesan, como por ejemplo: Que ha escuchado que pagan muy bien: dos gratificaciones al año, treinta días de vacaciones sin contar los feriados, y cosas así.

¿Qué sabe de nuestros productos y servicios?
Muestre desconcierto y responda como insinuándole que es un perfecto idiota: *"¡Pero cómo me pregunta eso si usted lo sabe mejor que yo!"*

¿Cuáles de nuestros artículos cree que son los más exitosos?
Métale cualquier cuento: *"Creo que ninguno ni tampoco me interesa"* Dele más énfasis a los de la competencia. Es probable que el encargado de ventas se sorprenda por su

respuesta y le ponga cara de pocos amigos: pues no importa, siga con su presentación.

¿Qué sabe a cerca del mercado?
Hágase el ignorante: *"¿Mercado?... ¿Qué es eso?"*

¿Qué sabe de la competencia?
Se escuchan murmullos en la mesa, hablan entre ellos. Conteste mejor en plural, levantando el mentón y casi sin abrir la boca: *"Que no pagan tan buenos sueldos, pero que definitivamente sus productos son mejores y se venden más."*

II - SITUACIÓN PERSONAL DEL POSTULANTE

Este es un rubro muy importante, aquí es donde más impresión tiene que causar, sea detallista. Hable sobre cosas que le hayan aturdido y preocupado de niño, su colegio, estudio, trabajo y cosas así. Sea abierto y franco, es la mejor manera de causar una buena impresión. Saque todas las frustraciones, incomprensiones, y problemas que le ha deparado la vida: Amonestaciones en sus anteriores centros de trabajo; enamoramientos con las secretarias; roces y encontronazos con el personal subordinado; malos manejos administrativos; descuidos de su caja chica; de lo mal que se llevaba con su jefe anterior y que por eso le botaron, pero como usted nunca se ha doblegado ante nadie, ese mismo día se retiró, tirándole un florerazo por la cabeza. Además, les dirá que se ha divorciado cuatro veces y que tiene varios hijos no reconocidos legalmente –claro, sin contar los de sus ex esposas–, engendrados con mujeres de procedencia dudosa en cada viaje que hizo por el Caribe: la isla *Dominica, Martinique, Saint Lucia, Virgin, Anguilla;* aparte de los lindos trillizos de color de la fogosa guajira que conoció en *Cuba;* también que pasó un tiempo en la cárcel por haber atentado contra la seguridad publica, cometiendo actos vandálicos durante su juventud, pero que ahora felizmente, hace tres años ya no chupa ni se droga, y todo gracias al *Centro Victoria* (si quiere le puede enseñar –porque eso sí, hay que estar bien orgullosos- la identificación como miembro de su grupo de trabajo *RECUPERACIÓN.*)

Solamente después de que se haya confesado abiertamente y sin tapujos, podrá ceder la palabra a uno de esos preguntones.

¿Por qué escogió esa carrera?
La respuesta es elemental: *"Porque no me quedó otra."*

¿Ha hecho prácticas?
"Sí, y muchas, no en vano me dicen Pingaloca." Si quiere, puede entrar en detalle: *"Sé hacer el Salto del Fraile, la técnica de la cuchilla, beso negro, la 69, 85, 33, y uno que otros números más."*

¿Qué cursos de especialización ha seguido?
Bueno, esta pregunta se puede interpretar de dos formas. Si se trata con relación a las mujeres, pues dígale que siguió un curso intensivo de *Kamasutra*; y de lo otro, pues con las justas terminó la universidad con nota 12 (la calificación mínima para obtener el cartoncito.)

¿Qué ha aprendido en su desarrollo como profesional?
Aquí también se puede explayar, es preferible decir las cosas tal como las ve y siente; podría decir por ejemplo: *"Que todo es más que una reverenda huevada, a nadie le interesa mis planteamientos acerca de los enfoques estructurales sistémicos, sintetizados en esquemas algorítmicos homeostáticos y agrupados según la escala de factores higiénicos de Herzberg."*
Muy bien, así es como se aclaran las cosas, y por favor, no se sorprenda si lo miran con cara de no haberle entendido ninguna palabra –sería muy normal por su escaso nivel in-

telectual. Más bien demuestre con su actitud que se encuentra tremendamente desconcertado y desilusionado con todos.

¿Si le permitiesen hacer una mejora en esta empresa, por dónde empezaría?
¡Cuidado! Es una pregunta estratégica, respire profundo, haga el ejercicio numero 3 de *Tai Chi*: alce la pierna derecha lentamente hasta tocar su frente, quédese así diez segundos y respire honda y pausadamente. Muy bien, es usted un buen alumno, ahora responda: *"Creo que empezaría con ustedes, sarta de gallinas: sacaría a todos de este recinto y los colgaría de los huevos en ese poste que ven afuera, bien en la intemperie, para que los demás vean la verdad al desnudo. Y mejor no hagan más preguntas al respecto, pues podría enfadarme y no respondería de mis actos... ¿Contentos con la respuesta?"*

III - SITUACIÓN ACTUAL

Sea precavido, los evaluadores tratarán de emplear mucha sicología, pues se mueren de curiosidad por saber qué es lo que hace actualmente.

¿Descríbanos qué es lo que hace en su puesto de trabajo actual?
No se altere, sé lo que está pensando, pero es mejor que controle sus emociones. ¿Se ha calmado?... Muy bien, si sigue así, obedeciendo mis instrucciones ya verá que llegará muy lejos; ahora responda lo siguiente: *"¡So pedazo de idiotas!... Cómo les puedo describir el puesto, si saben perfectamente que hace más de diez años que estoy desempleado. ¡Qué puesto, ni puesto, carajo!... El único puesto que tengo es él de mi casa, señores, ¿estoy siendo claro?... ¿Ahora si les interesa tanto los detalles, les podría decir*

cómo preparo los huevos revueltos según la receta que aprendí de mi tía Linda."

¿Qué es lo que extraña de su anterior empleador?
"El refrigerio... sí, eso es, el refrigerio."

¿Cree usted que con este nuevo trabajo se sentiría más realizado?
"Bueno, eso siempre y cuando me dejen trabajar tranquilo, sin stress, porque eso hace daño para la presión. Además, para que lo sepan bien: a causa de mis elevados triglicéridos, mi sistólica se dispara con gran facilidad; mi doctor me ha advertido que si no me cuido podría sufrir hasta un infarto. ¡Ah!... y también como sufro de meteorismo, me gustaría que la oficina sea espaciosa y con ventanas a la calle, porque como ustedes saben, eso de las flatulencias intoxica el ambiente y después me da dolor de cabeza."

¿De acuerdo con su experiencia como ejecutivo y asesor de empresas, qué mejoras podría implementar en este nuevo puesto?
Aunque le pongan cara de mosquita muerta, no se deje ahora influir por el interlocutor, que la pregunta tiene trampa; sea usted más vivo y dígale: *"¿Usted cree que yo nací recién hoy?... Eso se lo diré solo cuando me contraten."*

IV - REFERENTE A SU PERSONALIDAD

Creo que aquí usted se conoce mejor que nadie. Lo único que le aconsejaría es que mejor no diga nada sobre sus fortalezas, sea como el sabio *Sun Tzu*: conquístelos sin mostrar sus armas.

¿Cuáles serían sus fortalezas?

Otra pregunta capciosa, pero como le dije anteriormente, no satisfaga su curiosidad, sea breve y diga solo lo necesario. Como es el jefe de personal quien vuelve a meter su pico, si gusta, le podría decir: *"Mi querido DOC-TOR (entone bien las sílabas de su título, a quién no le gusta que le inflen el ego), trataré de ser humilde con la respuesta: Creo que ya perdí la cuenta."*

¿En qué aspectos de su personalidad siente que podría mejorar?
"En todos, señor, pero creo que él que peor está, es mi sentido de responsabilidad: me distraigo con facilidad y nunca termino lo que he empezado. Además, como me considero perfecto, eso que dicen de trabajar en equipo, camaradería, compartiendo las ideas con otros, me llega altamente. Por el contrario, al primero que no esté de acuerdo conmigo, le tiro un solo guaracazo que lo dejo sentado ahí nomás."

¿Qué cursos le interesaría seguir?
Por fin algo que le podría favorecer. No sea ingrato y agradézcales de ante mano, porque con esta pregunta le están insinuando un posible curso de perfeccionamiento: *"¡Curso!... ¿Ha dicho usted curso?... ¡Gracias, muchas gracias! Sabía que no me iban a dejar así: Bueno, qué tal sería con un cursito de Kun Fu del Maestro Numura Takashira. Así podré mejorar mi estilo para tirar patadas. Esteee... una pregunta: ¿Cuándo creen que podría empezar?"*

V - COMPORTAMIENTO EN EL TRABAJO

En esta categoría demuestre con sus respuestas que es un hombre de peso y convicción:

¿Ha habido situaciones en su trabajo donde le ha sido difícil tomar una decisión?

"No, porque nunca las tomo. Los jefes inteligentes y capaces como yo, no asumen responsabilidades sino las delegan."

¿Cuáles han sido sus rutinas de trabajo en su último empleo?
"¿Se refiere al puesto de lava platos del Hotel ese de tres estrellas?... ¡Fácil, pues!: como detestaba ese trabajo, entraba a la cocina y hacía como si los lavara y luego los tiraba así como estaban al contenedor de basura; al final, como ya no había más platos que lavar, a los cinco días tuvieron que despedirme. Eso es todo, señor."

¿Qué recursos o condiciones requeriría para desempeñar este puesto eficientemente?
"Bueno, la verdad es que nunca he tenido grandes exigencias, pero ya que insisten: que me pongan a una mamacita de secretaria que tenga medidas 90-60-110 —no se sorprendan por el 110, es que me gustan más las caderonas-, y un sofá cama, bien acolchadito para la siesta del medio día."

¿Qué estilo de trabajo considera que tiene?
"Trabajar y dejar trabajar, perdón, quiero decir más dejar, porque como comprenderá, a mí se me baja el biorritmo más rápido que a otros: a partir de las diez de la mañana mi capacidad comienza a decaer y ya no sube."

¿En caso de presentarse un problema serio en la oficina, cuáles serían sus primeras reacciones y qué haría con su personal?
Demuestre con su respuesta que es un líder nato y que haría cualquier cosa con tal de defender a su gente: *"¿A mí?... ¡Pues qué me rebusquen que no tengo la culpa!... ¡Allá ellos!"*

VI – RELACIÓN CON SUS JEFES Y COLEGAS

Es bueno que le pregunten sobre este tema, así podrá aprovechar para decirles también una cuantas verdades. Acuérdese que es usted un hombre versado, capacitado, inteligente, y que aprende rápido todo lo que estudia de los libros: *ATENCIÓN MEDIANTE LA VISIÓN; SIGNIFICADO MEDIANTE LA COMUNICACIÓN; CONFIANZA MEDIANTE EL POSICIONAMIENTO; DESPLIEGUE DEL YO MEDIANTE EL AUTO CONCEPTO...*, entre otros temas.

¿En qué situaciones se pondría de acuerdo con su jefe y en cuáles no?
Antes de continuar, una pequeña exhortación: no olvide nunca que los jefes son también personas que sienten y piensan como usted; sea comprensivo e indulgente, aprenda también a ponerse en el lugar de ellos. Qué tal sería con este ejemplo: *"¡Qué pregunta, por favor!... Solamente me pondría de acuerdo, si me aumenta el sueldo en un 10% por encima de la inflación cada año; y en diciembre, durante la fiesta de fin de año, que ya se avecina, me permita también hacerle feliz a su secretaria –siquiera por esa noche, que está divina-, y así enterarme más fácil de sus planes para el próximo ejercicio (ojo que me refiero solo al laboral)"*

¿Ha tenido alguna vez discrepancias o roces con sus jefes?
"Sí, a cada rato, pero ya me acostumbré."

¿Ha habido alguien en su trabajo que le haya impresionado, ya sea por su forma de ser o pensar?
"¿Quiere que le diga la verdad?... ¡Sí!, con Mechita: la mejor Directora de Relaciones Públicas que haya conocido hasta ahora. ¡Ay, si usted supiera, qué tales relaciones!... ¡Cómo me quería!"

VII – DISPOSICIÓN AL RENDIMIENTO

Creo que no es necesario explicar esta categoría, así qué tal si mejor nos vamos directo a las preguntas:

¿Qué entiende por stress?
"Estar en una reunión de gerencia y soplarse todo el sermón del jefe."

¿Cómo hace para relajarse?
"Cuando le digo a mi secretaria que no estoy para nadie, cierro la puerta de la oficina con llave, me acomodo bien en el asiento, me bajo la bragueta y comienzo a darle."

¿Cuáles son sus motivaciones en el trabajo?
"Ya le he dicho anteriormente, ¿es usted sordo o qué?... ¡El sueldo, señor, el sueldo, y nada más!"

¿Qué objetivos se ha propuesto para el próximo año?
"Abrir una tienda de artículos pornográficos Beate Uhse – son más rentables que los de Playboy o Dolly Buster. ¿Si quiere entramos fifty, fifty?"

¿Qué haría para alcanzar ese objetivo?
"¿Cree que soy idiota?... ¿Por qué no mejor me pregunta otra cosa?"

VIII – PRETENCIONES ECONOMICAS

No sé por qué, pero la mayoría hace esta pregunta casi al final, pero bueno, aquí debe responder en forma medida y con mucho, pero mucho tacto. Deje más bien que sea la otra parte quien marque la pauta. Demuestre su capacidad negociadora, tómese su tiempo, analizando bien las reacciones de su interlocutor. Es casi seguro que en esta etapa vuelva a meter sus narices el jefe de personal, o especialista en negociaciones colectivas, industriales, o como se llame. No ceda. Pronto se dará cuenta que él perderá la paciencia, se pondrá nervioso, y terminarán intercambiándose solo monosílabas de dos letras:

¿Qué ha pensado en cuanto a su sueldo?
"¿Esteee... por qué no mejor me dice qué han pensado ustedes?"

No... usted primero
"Sí...."

No...
"Sí..."

No...
"Sí..."

No...
"Sí..."

(...)

Al ver que no llegan a ningún acuerdo (lapso disipado de la entrevista que no debería durar más de tres minutos, porque sino correría el riesgo de degenerarse), el jefe de personal le cederá la palabra a uno de sus colegas para que continúe con otras preguntas.

¿Cómo futuro ejecutivo de esta empresa, cuáles serían sus expectativas?
¡Cuidado!, que ahora quieren hacerse los vivos, pero como usted está en ventaja, dígale mejor: *"¡Pues por lo que veo, ya ninguna!... Cómo me preguntan eso, si ni siquiera son capaces de decirme cual sería mi sueldo."*

IX – TIEMPO LIBRE Y HOBBY'S

Generalmente esta es una información complementaria para el perfil del postulante, y luego compararlo con las características que demandaría el puesto vacante. Como verá, no deja también de ser un rubro importante, por eso es conveniente prestar especial atención en las siguientes dos preguntas:

¿Qué es lo que hace en su tiempo libre?
"Me meto el dedo en la nariz, es una sensación muy agradable, porque a parte de mantener el dedo índice izquierdo (soy zurdo) siempre en movimiento, descongestiono mis conductos nasales y puedo respirar mejor."

¿Pertenece usted a una asociación, institución o club social?
"¡Pero por supuesto! Soy miembro activo del grupo CAÍSTE DE NUEVO de Alcohólicos Anónimos en Breña; además, de correligionario fundador del Movimiento Revolucionario Izquierdista –MRI. Sacrificaría hasta mi vida por el movimiento, señores. Si me dieran en este momento un fusil y una granada, creo que me iría sin pensarlo dos veces a luchar a favor de los más marginados... ¡Sí, señor! Destruiría todas esas empresas imperialistas extranjeras Yanquis que se han posesionado de nuestras tierras. De seguir esta indiscriminación e injusticia, también estoy pensando seriamente enrolarme a las filas de los reformistas fundamentalistas... ¡Qué viva el Yihad! ¡Al Quiada! ¡Arriba Bin Laden!"

X – FINAL DE LA ENTREVISTA

Aquí son posibles solamente dos conjeturas: *HA IMPRESIONADO O NO*. Pero como en esta vida todo es un teatro, esta *Obra* tiene que terminar de acuerdo a lo que dice en el *estatuto* numero 4, capítulo 2, inciso B del Reglamento Interno de Selección y Evaluación de Personal (RISEP) de la Empresa; y le guste o no, soplarse el *Bla-Bla-Bla* de agradecimiento y una que otras sandeces más.

...¡SUERTE, MUCHA SUERTE!...

La instrucción 13

"¿Mi amor, cuándo vienes?...", le decía a su marido por teléfono.

Se quedaba mirando un retrato de él que tenía de 18 por 23 centímetros, a todo color sobre el velador; posaba achinando sus ojos desviados y con los iris de diferentes colores –uno pardo y él otro medio amarillo-; se hacía el gracioso, sacando una lengua desproporcionada, cochina, que le cubría todo el mentón.

"... Es que te quiero mucho, extraño tus caricias, te necesito, te necesito, mi *Ojitos*."

"Yo también a ti, y mucho, mi *Cuqui* (La llamaba así para no decirle *Cuco* pues los dos competían en fealdad.) Te amo, mi cielo, corazoncito de melón, caramelito de canela", le contestaba el marido, sentado en su oficina. Abrió su billetera y sacó una foto de ella en la que sonreía, tenía unos lentes ya pasados de moda; una verruga negra asquerosa le cubría la tercera parte de la nariz, y el diente incisivo central superior necrosado. La contemplaba y contemplaba, enamoradísimo: "Ya pronto termino y me voy volando, sí." Pasaba el dedo índice sobre la foto, recordando todo lo que habían hecho las doce noches anteriores.

Era viernes, quería complacerle con otro regalo y le dijo:

"¿Quieres que para hoy te traiga otra diferente?" Hoy día les tocaba aprenderse la instrucción 13. Por cada instrucción nueva él le sorprendía con un regalo.

"Ay, sí, mi *Ojitos*... Tú siempre tan cariñoso y pensando en mí."

Ojitos complacido por los halagos de su mujer, le contestaba con una voz dulce:

"Tú sabes perfectamente, *Cuqui,* que soy capaz de complacerte en todo lo que quieras. ¿Cómo la quieres esta vez: trenzada y elástica, o simple, como la que te regalé ayer?... Dime, dime, pues cariño, que estoy para engreírte." Volvió a mirar el retrato de su mujer: la verruga, era lo que más le atraía.

"Como quieras, mi *Ojitos,* tú sabes que tenemos los mismos gustos. Pero ya que insistes, te doy una pequeña pista: búscame una más larga y aceitada. ¡AAAHHH!...", soltó un suspiro largo y sonoro "Qué emoción, mi corazón palpita de deseo, ladra por ti... ¡HUAU, HUAU!", imitaba ladridos de perro.

El marido escuchaba atento, pues le gustaba que imitara a animales:

"Qué bien lo haces... ¿a ver otra vez?", pegaba el auricular en la oreja.

"¡HUAU, HUAU!... ¡RRR, RRR!... ¡HUAU, HUAU!"

Ella hubiera querido tenerlo cerca, muy cerca, oler su cuerpo de hombre maduro, sentirlo en acción. Percibir como corría esa energía de sentimientos sin barreras ni límites por los conductos de su cuerpo y piel; marcándola con unas huellas, imborrables, perpetuas, imperecederas. Se fue al dormitorio y comenzó a acomodar las cosas como a él le gustaban: El cojín de cuero blando, rellenado con plumas de ganso en una esquina, pegado a la ventana, junto a un florero de girasoles secos; las pieles de cebra y tigres de bengala, al pie de la cama; las persianas de bambú y la cortina de seda color rojo vino; la cabeza de un mono disecada junto a una lámpara de bronce al estilo barroco; prendió unos palillos de incienso hindú con olor a clavo de olor; acomodó una mesita con bocaditos de queso con cecina y aceitunas verdes y unos panes cortados en triángulos; y en otro tablerito redondo, junto a tres velas, puso un plato lleno de jazmines secos aromatizados y un librito forrado con un cuero seco, viejo, escrito con metáforas y lleno de códigos metafísicos; encima de los cuatro metros cuadrado de hamaca bordada al estilo del *Manto de Paracas* de la cultura Incaica (era lo que usaban como cama), extendió su juego de pijama preferido: un camisón fucsia con puntitos celestes, donde la manga izquierda le quedaba casi al hombro, y la otra le colgaba hasta el piso; con un pantalón corto también del mismo estampado, con cierre adelante y una abertura con botones atrás y, por su puesto, su inseparable gorrita roja de tela, igual que la de Papa Noel –él decía siempre: mientras más extravagante se acueste uno, mejor son los sueños.

Después de haber acomodado todo, ella aprovechó para ponerse su provocante ropa interior transparente color carne y arreglarse el peinado. Mientras se miraba en un gran espejo ovalado enmarcado en pan de oro, daba una ojeada a cada rincón del cuarto, por si se habría olvidado de algo.

"¡Listo, creo que ya terminé!", dijo; estiraba los pliegues de su calzoncito transparente.

"¡Ay, pero si soy idiota!...", exclamó, golpeándose suave la frente con la palma de la mano: *"Me olvidé de lo más importante... ¡Faltan las dos argollas y los ganchos!"*

Abrió un armario, sacó unas herramientas metálicas grandes y pesadas, y las atornillo en los cuatro orificios que habían en la pared a un metro sesenta del suelo. Volvió a cerciorarse, ajustándolas para que estuvieran seguras.

"Ahora sí, todo está perfecto. Ay, cómo extraño sus manos, sus caricias tan delicadas, tiernas, tan suyas, con esos brazos tan fuertes."

Miraba a cada rato el reloj; faltaban como diez minutos para que él llegara.

"¿Qué más puedo arreglar?... ¿Qué más, qué más?", se preguntaba una y otra vez, quería estar bella para él: *"Quiero que todo esté siempre a tu gusto. Eres tan especial conmigo, no tienes idea como extraño tus caricias. Ojalá que te agrade este calzoncito con huequitos (su pubis era tan frondoso de pelos que le salían como maleza por los costados) Hoy en día los modistas hacen cosas fabulosas con el elastán..."*, hablaba como si él estuviera presente: *"Éste, por ejemplo, es de Joop, ¿o se dice Jup?... Ay, por qué seré tan bruta pronunciando nombres extranjeros."* Probaba la calidad de la prenda: estiraba, raspaba, halaba el material *"Bueno, no importa, lo importante es que te guste, mi Ojitos, hace buen contraste con esta manchita que me ha salido junto a la ingle."* Se tocaba el moretón.

La piel de su cuerpo se encontraba toda magullada y con cicatrices abultadas. Giró un poco su tronco para mirarse mejor la espalda en el espejo: la tenía maltratada y con un corte profundo de cinco centímetros sin cicatrizar; tocaba la herida con la mano.

"*¡AU, AU, duele un poquito!... Cuando sane, ojalá se quede moradita como las otras y no amarilla como la que tengo aquí, en el cuello*", ahora se miraba el cuello. Y así contabilizaba cada mancha, marca, huella, contusión, herida que veía en el cuerpo.

Escuchó el golpe seco de la puerta principal de la casa que se cerraba. Era él, el *Ojitos* de su vida.

"Hola, *Cuqui*... ¡sorpresa, sorpresa!", le dijo sonriendo, la miraba complacido. Le mostraba una caja envuelta en papel blanco con dibujos de corazoncitos y amarrada con un lazo de seda rojo.

"¿Es mi regalo?...", preguntó ella conmocionada "¡Qué alegría, me lo trajiste de veras! ¡Hoy probaremos algo nuevo!...", se tapaba la cara con las manos, temblaba de pura felicidad "¡Dámelo, dámelo, que lo quiero ver!"

"Todavía no, *Cuqui*, cálmate, cálmate, que la noche recién empieza...", le advertía, moviendo la cabeza como un profesor que amonesta a una niña de cinco años; hizo una mueca rara con la boca, y le preguntó: "¿Y has preparado todo de acuerdo a las instrucciones?"

"¡Sí, sí, todo!... cómo a ti te gusta, y ahora dámelo que lo quiero ver."

La mujer se desesperaba, sus pelos que los tenía siempre revueltos se le paraban aún más; le corría una electricidad por el cuerpo que le producía piel de gallina: "Anda pues, *Ojitos*, no me hagas sufrir... Ven, vamos al cuarto de una vez, que quiero que veas cómo acomodé la cabeza del mono y muchas otras cosas más. Ha quedado precioso", le halaba el brazo entusiasmada.

Él la calmaba besándole la verruga negra de la nariz. Le hablaba dulcemente, con palabras bonitas.

"Mi amor, qué linda verruga tienes, mi tulipán de primavera, terroncito de azúcar, te he extrañado mucho en la oficina. Te confieso que si no hubieras tenido esa verruga, creo que nunca me hubiera fijado en ti", le acariciaba la carnosidad "En la oficina miraba tu foto a cada rato, eres bellísima, mi amor. Hoy te haré muy pero muy feliz, ya verás."

Ella se sonrojaba por el piropo, se retraía, encogía hombros, jugaba con sus dedos como una criatura.

"Ay, gracias, mi *Ojitos*... Ji, ji, ji", se reía, enseñando su dentadura necrosada.

Él se iba despojando de la corbata, la chaqueta, camisa, zapatos, medias, pantalón; tiró su maletín de trabajo a un lado, la abrazó y le volvió a preguntar:

"¿Esteee... pero estás segura que todo está listo?... ¿mi pijama fucsia con puntitos, por ejemplo?"

"Sí, también, no te preocupes... Te puse tu pijamita fucsia con puntitos, pantaloncito corto y gorrita de Papa Noel... ¡Todo, todo, mi amor!"

"¿Y bien lavada y planchada, no?", insistió él.

"Sí, síii, síiii, por su puesto, limpiecita, limpiecita... Y ahora vamos de una vez, que ya no aguanto más", le acariciaba sus espaciosos pectorales. Y él como tenía la vista desviada, magnificaba sus visiones: veía como si le acariciaran cuatro, seis, a veces hasta ocho manos.

"Mi amor, tienes las mejores manos del mundo", le decía excitado.

"Te he comprado también tu cecina serrana con aceitunas españolas que tanto te gustan." Sabía cómo engreír a su marido.

Pero ni con esas, seguía dudando:

"¿Y el incienso de clavo de olor, supongo que es de *Jaipur*, no?", le insinuó.

"¡Síiii, cariño, síiii!... y del más fino. Además, he atornillado las argollas y ganchos en la pared, puse tu lámpara barroca en la mesita que me indicaste, el libro de instrucciones, peiné la cabeza del mono, aspiré las pieles de tus animales, colgué la persiana de bambú, la cortina roja... ¡Todo, pero todo te lo preparé!"

"Mmm... bien, bien, así me gusta *Cuqui*, porque como tú sabes, todo tiene que ir de acuerdo a las instrucciones. Eres una esposa encantadora, qué haría sin ti." Le dio otro beso en la verruga; la mordía, la lamilla con su lengua llena de saburra.

Su mujer quiso sorprenderlo con algo más y le dijo:

"Ah, y por si acaso puse también unas hojas secas de jazmín en un plato, como para combinar los aromas del ambiente. Acuérdate de lo que hemos aprendido en la instrucción 11: es importante que el incienso se mezcle también con otros olores."

"Perfecto, perfecto, *Buda* y todos los dioses del oriente un día te lo agradecerán... Je, je, je", se reía; terminó de despojarse las prendas.

Se abrazaban eufóricamente.

"Bueno, entonces empecemos de una vez", dijo casi desnudo. "Pero, no te molestes, ¿me dejas entrar a mí primero?... Es que quiero entregarte el regalo a mi manera y como a ti te gusta, mi *Cuqui*... Je, je, je", volvió a soltar su risita. Sus ojos comenzaban a ponerse vidriosos, se torcían de tal manera, que los iris desaparecían por completo.

"Bueno, mi *Ojitos*, entonces cerraré la puerta y te esperaré aquí afuera, ya. Ay, mi amor, tú siempre con tus sorpresas, tan lindo y cariñoso. He esperado todo el día para que por fin llegue este momento", contestó toda ilusionada.

El marido entró solo al cuarto, cerró la puerta, y revisó todo tal como decía la instrucción. Se puso el pijama con cierre adelante y botones atrás, acomodó su gorra de Papa Noel, se colocó los lentes correctores para leer mejor, abrió su libro metafísico de instrucciones en la pagina 83, clavó el dedo índice en el segundo párrafo y dijo:

"*Qué bien, aquí está, la instrucción 13: APRENDA LOS PLACERES OCULTOS DEL DOLOR*", se concentraba leyendo la nueva instrucción; comentaba en voz alta: "*Magnífico, magnífico, en la variedad está el gusto. No hay cómo practicar el Kamasutra de esa manera, la nueva dimensión de la sexualidad, sin Tantras ni Mantras, porque la verdad no entiendo eso de que dicen que hay que buscar la armonía entre el agua y el fuego, todas son más que huevadas, yo soy bruto para entender esas cosas. Actuaré a secas y como dice la regla... Je, je, je*"

Así fue como aprendió de memoria la instrucción 13 y luego abrió el regalo: un látigo de cuatro metros de largo con púas y bañado con extracto de ortiga para que le arda y duela rico; lo hizo sonar como escopeta y llamó a su mujer, relamiéndose los labios:

"¡Ahora puedes entrar, *Cuqui,* te acariciaré la espalda como a ti te gusta!"

Respondiendo la pregunta

(Siendo las 20:15 de la noche, un periodista empieza la conferencia de prensa haciéndole la siguiente pregunta...)

"¿Doctor, usted cómo político y alto dirigente del partido SODE, especialista en derecho constitucional, con más de 45 años de experiencia parlamentaria, qué medidas concretas nos sugeriría para reducir la elevada tasa de desempleo en nuestro país?"

(El distinguido político acomoda su corbata y toma un poco de agua como para humedecer y soltar la lengua.)

"Bueno, quisiera, ante todo felicitarlo por la pregunta, se ve que es un periodista preocupado por los destinos de nuestro país. Tomando en cuenta los sucesos que han influido en nuestro desarrollo micro y macro regional, y tomando como referencia la aplicación de las medidas descentralizadas –palabra que se podría también confundir con desconcentradas o descongestionadas, pero que en verdad se diferencian, tanto en forma como en contenido, totalmente una de otra, igual que un coleóptero con un crustáceo–, del gobierno actual, convendría primero aclarar que en nuestro país no existe una fuerza orientada a neutralizar las discrepancias ideológicas que afectan la consecución de una *Democracia* sólida; dirigiendo los elementos estables, sobre todo los recursos dinámicos de espacio-tiempo, con miras a acentuar el crecimiento sostenido de cada núcleo económico; lo que nos permitirá una conciliación entre los gobernantes y gobernados; limpia de corrupciones y arreglos, salvaguardando los derechos fundamentales de la persona y sociedad. Ya lo dice nuestra Constitución Política, que la defensa de la persona humana y el respeto de su dignidad, son el fin supremo de la sociedad y del Estado. Mis queridos, periodistas, corresponsales de prensa, señoras y señores, conciudadanos todos...

(Los periodistas se miran entre ellos algo confundidos, contraen el mentón y arrugan la frente; algunos comienzan a bostezar. El conferencista ensimismado de lo que dice se acalora, desajusta el nudo de la corbata y toma otro sorbo de agua.)

... Creo que ya es hora que el Congreso Constituyente se dedique de una vez al mandato del pueblo soberano, recordando el sacrificio de todas las generaciones que nos han precedido en nuestra Patria, su Nación, y con la que nos sentimos profundamente ligados, jurídica, histórica y afectivamente. ¡Así es!... Por eso es que estamos como estamos, señores, no hay consenso en este país. ¿Dónde está pues la capacidad de escucha? ¿Para qué entonces fuimos nosotros, los parlamentarios unicameralistas elegidos por sufragio universal? ... ¡45 años protegiendo sus derechos como ciudadanos: cinco como Ministro de Justicia y el resto en las cámaras parlamentarias, representando siempre a la fuerza opositora! Yo y mis colegas correligionarios del partido *SOMOS DEMOCRACIA (SODE)*, les prometemos que lucharemos hasta el cansancio para que de una vez se fijen los limites de las actividades de ese quien dice llamarse Presidente de la Republica, y controlar la actuación de este inepto, incapaz e incompetente aparato gubernamental: un gigantesco enigma viscoso, más conocido por todos nosotros como *ENTE BUROCRÁTICO*...

(El político se emociona, poniéndose morado, le sobresalen las venas del cuello.)

... Porque como ustedes saben mis queridos compatriotas, aquí y en cualquier otro país democrático, el Estado debe funcionar organizadamente, sometido a leyes, al derecho divino. Es el mismo gobierno quien tiene el compromiso, perdón, la obligación de respetar la voluntad del pueblo, dar fuerza a sus leyes y administrar sus funciones eficientemente...

(El periodista que le hizo la pregunta se inquieta, parándose y sentándose a cada rato de su sitio.)

... Pero eso sí, a nombre de todos los que murieron sacrificándose por nuestra Patria, les prometo que en la Comisión de la Verdad y Justicia que yo presido en el Congreso, no me contentaré con emitir solo juicios escritos, sino que, además, batallaré para que la voz de ustedes sea también escuchada y aplicada hasta los más recónditos lugares de este bello país...

(Un invitado que se encuentra sentado tres filas más atrás se queda dormido, bamboleando su cabeza de un lado a otro, acurrucándose cómodamente en su butaca. El expositor comienza a contrariarse.)

... ¿Por otro lado, cómo nos podemos entender, si veo que ese señor de la tercera fila, sentado en el segundo asiento, mirando hacía la ventana, duerme como un obsceno cachalote y no le da la gana de escucharme?... ¡He allí pues el problema, señores!...

(Da una mirada rápida al auditorio y se da cuenta que también hay otros que le siguen; su sistólica sube de 120 a 160)

... Sabía que tarde o temprano esto me iba a suceder, lo que pasa que nos dejamos influir por entes-obstáculos como ese señor mofletudo, pariente de los cetáceos quien prefiere ignorar mis palabras, escabulléndose en sus sueños ultramarinos. A veces se me hace difícil, o mejor dicho no entiendo por qué justo ahora, cuando nuestro país sufre la peor crisis económica de su vida Republicana y se necesite plantear soluciones concretas, esos señores de la tercera y cuarta fila, prefieren quedarse allí, dormidos, aletargados como unos topos indigestados. ¡Cómo es posible, qué tal desperdicio por Dios!...

(Comienzan a cabecear también los de la quinta, sexta, séptima, y así sucesivamente: el ruido de los ronquidos se multiplican, magnificándose impresionantemente por la acústica de la sala.)

... ¡Qué barbaridad, qué tales resonancias!... Igual que un aglomerado de elefantes marinos apareándose. ¡Así no podemos continuar! ¡Algo hay que cambiar, señores!...¡Despierten, despierten, que el compromiso ciudadano nos llama! Pidamos pues a la señora *DEMOCRACIA* que nos resuelva este problema de entumecimiento colectivo. Sí, eso es, porque solo ella nos salvará de este desbarajuste y confusión que ahora reina en el ambiente...

(Él de la pregunta hace como veinte minutos que levanta la mano como reclamándole una respuesta concreta. La impaciencia en el auditorio crece cada vez más. La señorita coordinadora del evento apacigua los ánimos sonriéndoles, pero al tomar conciencia del tiem-

po que en verdad ha transcurrido, comienza a ponerse también nerviosa.)

... ¡Y ahora, ese que me levanta la mano como epiléptico, qué cosa quiere ahora! ¡Paciencia y tolerancia es lo que necesita el pueblo!... Cálmese, cálmese, conciudadano, deje mejor que corra el tiempo y verá que sus dudas se aclararán por sí solas. Como constitucionalista, soy amante de la opinión pública y de la voluntad popular, fundamento de la legitimidad del poder, pero así, con esa prepotencia, estirando los brazos de tal manera que se le van a dislocar, no conseguirá nada...

(Se concentra mirando un punto fijo en el techo como acordándose de algo importante.)

... A propósito de opinión pública, si por casualidad creen que la *Democracia* fue descubierta por *Demócrito* –ese filósofo griego presocrático de *Abdera*, discípulo de *Leucipo*, y a quién yo también admiro por haber sido uno de los hombres más cultos, genio de la cosmología, física, matemáticas y ética, allá por el año 400 antes de Cristo–, pues sería una equivocación rotunda; porque al margen de los grandes pensadores como *Platón* e *Isócrates* –principales opositores de esa forma de gobierno y de vida social–, su verdadera creación tiene origen en las antiguas ciudades de Grecia...

(El reportero de la tercera fila dormía profundamente y empezaba a resbalarse de su asiento; después de unos momentos tratando de restablecer la congelada circulación de su trasero, mira la hora, endereza el tronco, y meneando la cabeza le murmura palabras no muy corteses al expositor.)

... Ahora que miro a ese señor con barba, recuperándose de su prolongada somnolencia, y que parece como si también quisiera decirme algo, se me viene a la mente el nombre de *Solón*: un gran pionero, ya que fue él quien en verdad asentó las bases de la auténtica Democracia, después de vencer al gobierno aristocrático en Atenas...

(El hombre se levanta amargo y sale junto con el resto de los invitados, tirando la puerta del recinto: por el impacto del golpe, el retrato del distinguido parlamentario que se encontraba colgado detrás de la puerta, cae al suelo y lo pisotean, haciéndolo trizas. Afuera se escuchan ruidos secos como de patadas, manotazos, y cosas así. La

señorita coordinadora se asusta, poniéndose nerviosa, y le hace señas de tijera con la mano al renombrado político.)

... Presiento que habrá insultos con trompadas y puñetazos cuando salga. Además, no sé por qué, pero algo me dice que también me anularán la disertación sobre el tema: *"Aprenda a vivir en democracia"*, programado para el próximo año. ¡Ja, ja, ja!... ¡Me meto el dedo en la boca, señores! Ya lo he insinuado anteriormente, lo que pasa es que estamos viviendo un proceso anacrónico en donde los estados desordenados son más probables que los ordenados, y nada más. Un caos transformado en entropía, señores. Y por favor, que nadie finja ahora no haber sido aclarado, porque hasta ahora creo que he sido lo suficientemente claro y objetivo con mi respuesta, ¿o no?...

(El periodista que le hizo la pregunta y él único que todavía queda en el salón, cansado de levantar siempre la mano, claudica en su intento de seguir reclamando, y cierra sus ojos, quedándose dormido.)

... ¡Mírenlo, pues!... Otro que cayó contagiado por el mal del sueño. No importa, como diputado representante de la mayoría popular, despertaré su entumecida conciencia, diciéndole que es la soberanía popular, la igualdad ante la ley, la libertad individual, el régimen de mayorías, el constitucionalismo, que mantendrán viva a esta Nación. Resumiendo: Para que este país sobreviva y progrese, la solución es y será siempre la *DEMOCRACIA* como única forma de gobierno del pueblo, por el pueblo y para el pueblo. ¡Abajo la Monarquía! ¡El Fascismo!¡Qué muera la autocracia!¡Qué viva nuestro partido!... ¡SOOO-DE!... ¡SOOO-DE!... ¡SOOO-DE!"

(El famoso político humedece su boca con un trago de agua, mira su reloj, se rasca la cabeza, y sorprendido por los 45 minutos que han transcurrido, despierta al periodista y le dice...)

"Esteee... Usted disculpe: ¿Qué fue lo que me preguntó?"

Consejos de la Doctora Alalí Panda

(Psiquiatra de profesión, con estudios destacados en la teutónica Dresden, la impertérrita Londres y la pecaminosa París: especialista en maniático-depresivos, violadores, infanticidas, zoofílicos, sodómicos, catatónicos, onanistas, parricidas, esquizofrénicos, paranoicos, incendiarios, criminosos, místicos, apabullados y pichicateros.)

¿Agresivo?

Tómese mejor tres horas de su tiempo para hacer algo creativo, como por ejemplo: Compre una bolsa con diez huevos de avestruz (Ya sé, y usted se preguntará: ¿pero de dónde pues?... No importa, pero consígalos.); luego vaya al cine de noche para ver el último estreno de la película hindú, *Llore, llore y llore*, y como a la mitad de la función, arroje –uno por uno y con fuerza, estirando bien los brazos y parándose encima de la butaca de mezanine, como para ganar algo más de impulso–, nueve de esas rocas embrionarias de kilo y medio, con dirección a la pantalla; el décimo y último huevo (tiene que ser el más grande) se lo reventará en el cráneo al primero que se atreva levantarse de su sitio para gritar: *¿Quién fue?*

¿Ira?

Agarre el cuchillo más filudo y puntiagudo que tenga en la cocina, y con los ojos cerrados (se materializa mejor la fantasía), escriba, clavándolo verticalmente en la tabla de picar: *"¡Hijo de Puta!... Me las vas a pagar, me tiraré a tu hermana y con todo el dinero que me robaste, ¡concha de tu madre!, me iré a una isla caribeña, por allá, donde las aguas marinas se vean azules."*

¿Tímido?

¿Con que a la hora de demostrar su virilidad es usted timorato, por no decir retraído?... ¿quiero decir, que cuando Usted quiera entregarse a Matilde –su enamorada que hasta ahora no sabe si es ella o él–, siente como que no se le para la cosa? ¿O cuando antes de ir donde ella (lo puedo confirmar porque también lo vi), prefiere mil veces masturbarse en el baño?... ¡Nada de eso, amigo! Meta mejor esa mano pecaminosa, fetichista al bolsillo, que eso Dios castiga... Sí, y digo bolsillo, por no decir monedero y cómprese mejor dos frascos de *Yombiviagra* (mezcla de *Yombina* con *Viagra*) para que se le ponga palo, y sin importar cuánto le haya crecido, allí, bien estirada y con su cerebro que hierve por lo aguantado que está, vaya y corra donde ella (¿O él?... en fin, de todas maneras ya es tarde), y diciéndole lo mucho que la(o) quiere, rómpale el cu... de una vez.

¿Depresivo?

¿Sabía que por la depresión Usted se podría hundir con su misma mierda? Vaya de inmediato donde mi colega y amiga la Doctora Estefanía Buitrón –sito en Desaguaderos 101, La Victoria, Lima-, y déjese recetar durante quince días, diez ciruelas secas diarias (tómeselas de preferencia en la noche y mastíquelas bien despacito) para que se le suelte al día siguiente ese estómago cargado de caca, remolón, avaricioso, que engendra malos pensamientos, avinagra el carácter, y le crea la necesidad de castigarse usted mismo.

¿Aburrido?

¡Carambas!... ¿No sabe qué hacer, se le bajó la adrenalina? Por qué no mejor sobregira su cuenta corriente y cómprese todos los cuentos de *Blackaman, Batman, el hombre Araña, Popeye, el increíble*

Hulk, Asterix y haga un paralelismo, reflexionando sobre los deseos aguantados, disimulados, retraídos, misántropos, que lleva usted allí escondidos. Y verá que en verdad no todo es tan monótono como se lo había imaginado. Créame, confíe en mí. Todo está en la mente, mi estimado. Así que si mañana no sabe qué hacer, dígale a su hijo que le preste su pistola de agua, y vaya a la agencia del Banco de Crédito: entreténgase jugando a los ladrones (piense que lo hace para su propio bien), y dígale al administrador, encañonándolo con la pistola: *"¡Alto allí, esto es un asalto!"*

¿Enamorado?

Si es que hace dos semanas que no sabe nada del amor de su vida, y su corazón palpita de ansias por verla. ¡Por favor!... No vaya a cometer la burrada de llamarla por teléfono. ¡No!...¡Nada de eso! Sería un error garrafal. Tome las cosas con calma, no se desespere ni se atolondre. Convierta primero su sala en un lugar romántico: prenda tres velitas misioneras; luego con el memorable bolero *"Un siglo de Ausencia"*, de los Panchos como música de fondo, ponga los retratos de ella (tienen que ser grandes, sino, espérese mejor un par de días más y saque unas ampliaciones de 18 por 25 centímetros), bien juntos y en hilera frente a sus ojos (de aquí para delante ella será su musa de inspiración); luego siéntese cómodamente en su sillón preferido de cuero de becerro, para dedicarle la siguiente carta romántica (¡Ah!... y no olvide primero debe impregnar la hoja del papel con unas cuantas gotas del sudor que le cae de la frente, ya que usted está muy enfermo y vuela con 40 °C de fiebre) :

"Amor de mi vida, mi repollo colorado:

Últimamente no sé por qué, pero se me blanquean los ojos y estira la lengua con frecuencia. Según los médicos dicen que eso es solo el comienzo, ya que me detectaron una enfermedad incurable que me transforma la cara igual que la de un primate. Además de que me salió un grano horrible con pelos en la nariz, y en las noches, sobre todo cuando sale la luna llena, se

*me viene la tembladera con chocolateada (expresión
alusiva a las deposiciones mezcladas con orín fruto de
su enfermedad), por todos lados.*

*Bueno, mi amor, eso es todo por ahora, sin antes de-
cirte que te extraño horrores y que ya no veo la hora
en que estemos nuevamente juntos.*

Besitos, besitos y más besitos,

tu Mañuco."

¿Dolor?

Aunque se sabe que *la gota* es una enfermedad crónica, no se
preocupe que estoy seguro que ese dolor agudo, punzante que siente
ahora (¡Aguante valiente y muérdase mejor la lengua!), quedará sin-
tomáticamente reducido a cero, y todo gracias a la terapia de *tres pasos*, del conocido ortopedista y especialista en articulaciones metatar-
sofalángicas —mi primo hermano-, el Doctor Celedonio Achachau
Brazoduro. Aquí su tratamiento:

Paso uno:

El Doctor observará detenidamente ese dedo gordo del pie
que se le ha hinchado como un olluco —casi negro y con la
uña reventada-, y antes de hacerle la pregunta de rigor que
dónde le duele, cogerá de su escritorio una estatuilla de már-
mol macizo (10cm de ancho por 17 de alto; peso aproximado
7Kg), obsequiada como muestra de cortesía por uno de esos
propagandistas médicos sobones de un Laboratorio —líder en
el tratamiento de infecciones reumáticas-, y la dejará caer justo en la zona afectada.

Paso dos:

Como después de toda acción hay una reacción, mi primo,
experto en cuestiones de dolor, analizará su comportamiento,
cogiéndose del mentón, y le dirá: *"¡Hmm, qué interesante! Ay
que controlar ese ácido úrico, seguro que usted sufre de ura-
tos."* Pero al ver que usted ni caso le hace porque se retuerce,
dobla, arquea, encorvándose y saltando como canguro por el

consultorio; el Doctor, antes de emitir su diagnóstico final (un buen médico siempre tiene que asegurarse de lo que dice), decide perseguirlo con la estatuilla, para volver a repetir la misma operación dos veces más.

Paso tres:
Listo, la tercera es la vencida: el Doctor, algo preocupado (usted ha perdido el conocimiento, y con un pie que ahora más se parece a una coliflor reventada) pero, claro, sin perder su serenidad, le dirá a su enfermera: *"Tome... aquí tiene las llaves de mi carro y llévelo mejor a la clínica, que este es un caso de emergencia."*

¿Celoso?

¿Sabía que los celos podrían trastornar su forma de ser? Empero, sin embargo, como también es sabido, puede generar una fuerza indescriptible cuando se trata de tomar una decisión. Por ejemplo: Por qué no primero consulta, analiza, con los arquetipos que viven dentro de su inconsciente. Esas personalidades fantasmas que moran dentro de uno, la familia del *YO* (su parentela más íntima), y deje mejor que sea el *EROS* y esa diosa puta –¿o puta endiosada? ¡Igual da!-, la *AFRODITA* (me refiero a su mujer), matándola con veneno para ratas, ya que la muy perra le ha metido los cuernos acostándose con *Paco*, su mejor amigo.

¿Triste?

¡Ay, qué pena!... Se murió *Cuqui*, su amiga inseparable. Esa compañera que le acompañó (valga la redundancia) durante días y hasta semanas; siempre tan hambrienta, devoradora, pero también escurridiza, tímida, resbalosa. No importa, sea fuerte, estoy seguro que la guardará en su corazón para siempre (de eso no cabe la menor duda) ¿Qué hacer, pues, cómo comportarse, ante tal infortunio emocional?... ¡Oh, Cuqui!... ¡Cuca!... ¡Cucaracha de mierda!

¿Desesperanzado?

No olvide que detrás de un gran desaliento se esconde una gran sabiduría. Así que si ahora no puede caminar porque se le paralizaron las piernas, se quedó tuerto, ciego, o le mocharon un pie. No importa, amigo, consuélese, porque Usted al menos es original, tratándose de la minoría. Hay peores cosas en la vida. Sí, y créame que digo la verdad, ya que se ven a cada rato; por ejemplo: Nacer equivocado, quiero decir, que en vez de pensar con el cerebro, use su ano más que para cagar; o caminar acéfalo (esto ya es un caso de epidemia crónica entre la población) por las calles de la vida y sentir como si nada hubiera pasado.

Tengo que matarme

"Sí, hoy es el día... ¡Me mataré, me mataré!", repetía decidido.

En verdad lo quería hacer desde hace tiempo, solo que no había encontrado el momento propicio. Por su pesimismo y forma tan negativa de ver las cosas, la vida le parecía aburrida, tan aburrida que cada minuto que transcurría le parecía etéreo, sin sentido ni propósito. Todo lo que hacía o planificaba le salía mal: la desaprobación de sus nuevos proyectos de trabajo en la oficina; la ruma de memos que le llegaban casi todos los días del gerente general, advirtiéndole sobre el incumplimiento de sus metas; la astronómica deuda de impuestos que tenía que pagar al fisco; el lío amoroso que tuvo ahora último con la querida numero veinte –ninguna la aguantaba, a causa de su negatividad-; el corto circuito que le quemó la mitad de la sala de su casa; las interminables peleas con los vecinos...

Con el único que se entendía era con *Nabo* –un viejo pastor alemán cruzado con lobo-, lo llamaba así porque tenía una cola mocha y pelada, igual que un nabo. Durante los últimos años había sido su única compañía. El perro respiraba agitadamente, sacando su lengua sudorosa; movía su colita mocha como si sospechara algo.

"Lo sé, y te entiendo... pero es que lo tengo que hacer de todas maneras, ya no aguanto más esta situación." Hablaba al perro como si fuera una persona, pero en el fondo le remordía la conciencia tener que separarse de él. "Así es la vida, Nabo, ingrata, injusta, siempre todo me sale mal, y encima todos contra mí."

Se encontraban debajo de un olivo viejo en el jardín interior de su casa. Era el día ideal, soplaba un viento frío del norte, lúgubre, con el cielo oscuro, cubierto de nubes grises y cargadas de energía negativa. *"Perfecto, así me gusta, probaré esta vez la muerte"*, pensaba. Actuaba fría, calculadamente. Nabo le lamía la mano, soltó dos ladridos fuertes.

"¿Qué?... ¿no me crees?...", le respondió como retándole; conocía tan bien a su perro que podía leerle hasta los pensamientos. Las nubes se juntaban formado una masa densa oscura, alzó la vista hacia el firmamento y pensó: *"Por fin me libraré de esta vida ingrata, injusta... Adiós deuda, mujeres, trabajo, y tú (pensaba en su jefe, el gerente), métete los memos mejor al... Je-je-je."* Se reía aliviado, como si por fin hubiera encontrado la solución a todos sus problemas. Él era una persona que difícilmente aceptaba sus fracasos, por el contrario, pensaba mas bien que todos los demás eran los principales culpables de sus desdichas. Y para que su perro se convenciera de que hablaba en serio, ejecutaba su plan rápido y decidido: le enseñó una soga, hizo un lazo, la pasó por el cuello, ajustó un poco; luego la amarró en una de las ramas del árbol, se subió al banquito que usaba para sacar aceitunas, y le dijo:

"¿Y, convencido? Te lo dije, cuando me prepongo algo lo cumplo... Pero no te preocupes que te dejo bastante comida en la cocina, de hambre no te vas a morir. Al menos hasta que alguien me descubra por el olor nauseabundo a muerto."

Sintió pena por el perro.

"Hemos pasado momentos inolvidables y muy bonitos, verdad", se le humedecían los ojos: *"¿Te acuerdas cómo te desesperabas cazando mariposas? Eras todo un chiste, te parabas en dos patas y al final ya no podías más y terminabas clavando el hocico en la tierra. Te veías como todo un atleta. Cómo se alocaban las perras del barrio por ti, ¿lo recuerdas?... Pendenciero, te metías hasta con Chihuahuas, abusivo..."* Se quedó un rato meditando y pensó: *Bien hecho, hizo bien, yo debí también ser perro*; y luego continuó: *"Y yo te dejaba nomás: les olías el trasero, luego te trepabas encima de ellas con una agilidad increíble y, ¡SUAS!... les metías toda tu zanahoria. La vecina Santos indignada me tocaba luego la puerta, quejándose insolentemente, que su perrita había salido nuevamente preñada: era un pudel negro, creo que se llamaba Susy. Has sido terrible, qué tales instintos, por favor. Un día con el afán de defenderte, le dije: "Pero, señora Santos, tranquilí-*

cese, si es solo un machito, necesita desfogarse, pues. Además, no se me haga ahora la Santos, perdón, quiero decir santa, porque bien que le gusta también el CHUCUCHUCU... sino, explíqueme: ¿cómo es que entonces parió a ocho hijos? Así es, tenía que hablarle en ese tono para que me dejara tranquilo. Ella me miró de arriba abajo como si tuviera lepra, y volteándome la cara me replicó: ¡Cretino, insolente! Cómo nos divertíamos con esa vecinita, no."

Nabo paraba atento sus orejas. El cielo se oscurecía cada vez más.

"Ah, pero ese día que quisiste atrapar a esa mariposa amarilla, terminaste tan agotado que tuve que llevarte de urgencia al veterinario. Te mordiste la lengua, y tu corazón bombeaba fuertísimo, pobrecito mi Nabo."

El perro se echó a un lado en el césped y escondió la cabeza, cruzando sus patas delanteras; gruñía como si quisiera decirle algo.

"Ay Nabo, otra vez... ¿no me hagas sentir mal, por favor, sí?" Lo miraba de reojo con la soga en el cuello, le temblaban los pies: "Verás que a lo mejor encontrarás a otro amo que te pueda dar más cosas, y comerás otra comida que no sea el engrudo de camote con arroz que te doy siempre; y si tienes suerte, de repente hasta conseguirás también a tu media naranja." Se secaba una lágrima que le corría por la mejilla. "Bueno, ahora sí, dejémonos de melancolías y vayamos a la acción. Ah, y por si acaso te vuelvo a recordar: dejé tu comida en un recipiente de plástico, junto a la nevera, en tu esquina preferida en la cocina."

De pronto se oscureció totalmente y los negros nubarrones comenzaron a descargar su energía con lluvia, truenos y rayos, como si estuvieran anunciando su postrimería. No sé por qué, pero inmediatamente lo relacionó con los crucificados del *Gólgota*: *"Así se hace, ahora seremos cuatro"*, pensó, y observó a su perro desde la cima del banquito. Por su cuerpo corría una sangre fría, indiferente, como si lo que iba hacer fuese lo más normal del mundo. Y sin pensarlo mucho, verificó si la soga se encontraba bien amarrada, la templó un poco; clavó sus pupilas dilatadas con dirección hacia la terraza de la casa, el jardín, sus vecinos, como si los grabara por última vez en su memoria; irguió más el tronco, y antes que se arrepintiera, botó el banquito a un lado, y... *¡SUACATE!*, cayó al piso, igual que un saco de papas, con rama y todo, enlodazándose hasta el pelo con la tierra mojada. El hombre era tan pesado que la rama se había desprendido del tronco.

"¡Maldita sea, esto ya es el colmo, ni esto me resulta!", exclamó, y escupió una lombriz gorda y larga que se había colado entre la veta que formaban sus labios, como si hubiera estado descubriendo algo que podía saciar su apetito. Se maldecía él mismo: "¡So gordo de mierda!... Claro, cómo no, con toda esta grasa que llevo encima, algo sospechaba que esto no iba a resultar tan fácil. Bueno, ya se me ocurrirá otra cosa."

Aparte de pesimista, vivía acomplejado por su físico (con razón que en la oficina lo molestaban con el sobrenombre de *Mondongo*), todo adiposo y con los rollos de grasa que le colgaba por todas partes. Se frotaba el pie que se había dislocado, todo embarrado de lodo. Cómo habrá sido el peso de su masa corporal, que hasta el tronco del árbol de 40 cm de diámetro todavía se mecía, inclinándose ligeramente hacia delante.

Masajeó la marca roja que le había quedado en el cuello por la fricción de la soga. Se paró, raspó las escamas del barro seco que se habían pegado en su piel, se sacudió unas cuantas astillas de madera, cogió a su perro del collar y le dijo:

"Ya vez... te lo dije, es bueno que tú también te des cuenta cómo me condena el destino, que ni matarme puedo." Nabo por supuesto que no le había entendido nada, y pensando más bien que se traba de una gracia, movía alegre su colita, ladrando eufóricamente. "¡Ya cállate, cállate! Es que no te das cuenta que quiero matarme, esto no es broma. Ven, acompáñame al baño...", cojeaba mientras caminaba "Tengo un plan alternativo: me tomaré el frasco de ácido muriático que uso para desatorar el retrete. Me arderá un poco el esófago, pero qué se le va hacer, aguantaré nomás. Además, con esta úlcera sangrante que tengo y que no se me cura para nada, verás que el veneno se transportará rápido al intestino, hígado y luego llegará a las arterias y, ¡BUM!, me moriré al toque." El perro movía la colita, reclamándole cariño. "El otro día leí que los que mueren asfixiados mayormente se les hincha el esófago. Así que ya sabes, cuando me veas azul y con los labios inflados igual que el negro *Mandinga*, es porque ya me he muerto."

Acarició su pelaje –o mejor dicho de lo que quedaba de él, porque a sus trece años se le caía por mechones–, y lo dejó esperando en la entrada del baño.

Buscaba el frasco desesperadamente:

"Y ahora, dónde lo he puesto...", rebuscaba en cada rincón; se agachaba con dificultad por el pie que le dolía: abría aquí, arrimaba allá; sacaba cuantos frascos, pomos, que encontraba en los armarios y sin ni siquiera verificar el contenido: "¿Por qué tendré esa mala costumbre de no dejar siempre las cosas en su sitio: seguro que la tengo de mi madre? Con razón que papá se separó de ella. ¡Ajá!... ¡Acá está, lo encontré!...", dijo emocionado. Despertó a Nabo que se había quedado dormido debajo del umbral de la puerta: "¡Mira, mira!... lo encontré, todavía está verdecito y efervescente. Qué bien, ahora sí me mataré." El perro prefirió hacerse el desentendido, cerraba los ojos, manteniendo una oreja parada y la otra caída.

Echó una última mirada a su alrededor, respiró profundamente tres veces, se sentó en el escusado, abrió el pomo y se tomó todo el líquido hasta la última gota. Luego se echó en el piso para que se dispersara mejor el veneno entre sus vísceras y tuviera una muerte rápida y segura: medía su pulso, concentrándose en la respiración; ajustaba y aflojaba el abdomen con movimientos sincronizados. Pero por el contrario, sintió como un sabor dulzón a mentol que en vez de quemarle la garganta, la refrescaba.

"¡Qué raro, esto no parece ácido!... ", se sorprendió, paladeando la emulsión; la enjuagaba entre los dientes; escupió una flema espesa, verdusca, que más parecía un escupitajo de vicuña. Se quedaba mirando frente al espejo, esperanzado a que sus facciones se parecieran también a la de un muerto (como le gustaba las películas de terror, se imaginaba el rostro demacrado del protagonista principal de la película: *La muerte a la luz de la luna,* que había visto hace poco), comparaba la tonalidad de sus ojos sin vida; miraba si tenía las mejillas hundidas con pómulos ahuesados; úlceras color púrpura en la piel y fisuras en los labios; saltaba cambiando de pie y alzando los brazos como si estuviera jugando mundo, solo para comprobar si ya no podía mantenerse en equilibrio; cerraba los ojos, quedándose tieso como estatua y girando en círculos la cabeza, deteniéndola a ratos en seco, solamente para evidenciar que no podía conservarse de pie; incrustaba con fuerza los dedos en la boca del estómago, ilusionado a que por lo menos algo –el duodeno, el páncreas, o cualquier otra víscera o tripa–, se hubiera reventado adentro; lamía y relamía sus labios como si estuviera brotándole por la boca el sabor salado metálico de su sangre. Pero luego se dio cuenta que todo era inútil porque se había tomado todo el *Broncopulmin* –un jarabe de tos que usaba cuando le venía la convulsiva.

Lo único que sintió fue un nudo que le congelaba la garganta y le provocaba somnolencia. El aroma mentolado era tan intenso que sus ojos lagrimeaban. La nube de olor a medicamento despertó por completo a Nabo, estiró sus patas, y después de bostezar comenzó a halar el pantalón de su amo con el hocico.

Comenzó a sentirse algo mareado.

"¡Carajo!, esto es peor que la tranca que me tiré por año nuevo", se tocaba la frente, le dolía la cabeza. "¡La puta que te parió! ¿Por qué será tan difícil quitarse la vida?... Quiero morir de una vez, fenecer, expirar, agonizar, y no respirar ni ver ni sentir nada nunca más. Ya lo decía, siempre es así, mientras más planifico menos me resultan las cosas. Madrecita querida, discúlpame, no vayas a pensar que tengo algo contra ti, es que lo tengo que soltar... ¡Por qué mierda me engendraste!"

Claro, por supuesto que todo lo planificaba, solo que esta vez, como se había perdido la tapa del frasco del jarabe, había vaciado todo el medicamento en la botella vacía del ácido que sí tenía tapa.

El perro insistía para ir a jugar afuera, le clavaba los colmillos en el pantalón: entre halada y halada le había volado un buen trozo de tela.

"¡Ya *SAFA, SAFA*, Nabo!... Tú siempre tan juguetón", lo empujaba con la rodilla.

Pero al ver como se divertía, le entró la nostalgia de los buenos momentos que habían pasado juntos, suspiró y moviendo la cabeza comenzó a jugar con él, revolcándose en el piso como en los viejos tiempos: le metía el codo entre los colmillos; el perro le mordía las manos, brazos, piernas; ladraba eufórico, moviendo la colita, lamiéndole aquí y allá. Hasta que se acordó que tenía que continuar con lo que se había propuesto.

"Ya basta por favor de mimos..." Se pasaba la mano por la boca para limpiarse la baba de sus lamidas. "Te olvidaste que hoy tengo que matarme. Mejor borra de tu mente este momento, porque no es más que una pequeña gota de miel que se disuelve en un inmenso océano de agua salada." Su abatimiento y desilusión de las cosas que hacía era tal, que llegó hasta odiar cada momento que transcurría de su vida; fijaba la vista en su perro para que éste le prestara más atención: "Es el tiempo que nos esclaviza y enferma, porque nos supedita siempre a sus minutos, horas, días, semanas, meses, años que pasan y pasan y nuca más vuelven. Así es mi querido Nabo, la vida es así, somos unos perdidos, todos somos unos perdidos: solo servimos para sufrir y correr y correr sin saber en verdad hacia dónde."

Se aguantaba para no llorar, se acordaba de todo lo que había perdido o tenía y que ahora las detestaba, porque se sentía solo y abandonado. Sobre todo desde que tuvo su última desilusión amorosa, se hundía constantemente en depresiones: *"Para qué tanto alarde y exhibición si de todas maneras ya nadie me quiere."* Repetía sollozando, mirando a su único amigo, su perro. Al escuchar el ensordecedor ruido del carro que salía del garaje del vecino, contuvo por un momento sus lágrimas, y exclamó abruptamente:

"¡El garaje!... claro, eso es, me mataré con el monóxido de carbono del carro. Caramba, cómo no se me ocurrió antes." Se prendía de su perro, incrustaba los dedos en su pelaje. Sus reacciones eran lentas, torpes, por momentos hablaba como borracho: "Me *dor-mi-ré in-to-xi-ca-do* y para *si-em-pre."* Se bamboleaba de un lado a otro, ajustándose la frente con una mano. *"AHHH...* pero eso sí, tú no entras al *ga-ga-ga-raaa-je* ni *ca-ca-ca gaaan-do"*, tartamudeaba.

Después de haber buscado como media hora la llave del carro, bajó torpemente las escaleras del segundo piso con dirección al garaje: abrió la puerta corrediza metálica, entró e inmediatamente, para que el perro no pudiera entrar, la cerró, desarmó rápido el catalizador de su *Volvo* a modo de intensificar mejor la intoxicación, prendió el motor, y se sentó atrás a la altura de la salida del tubo de escape a esperar la muerte por tercera vez. Su pie dislocado se había hinchado como una sandía, no podía sostener la cabeza porque sentía que le daba vueltas igual que una licuadora.

"Cómo me odio, me detesto, abomino esta vida. Soy un pobre diablo que tiene que lamer la porquería del suelo para sobrevivir. Existencia desgraciada, injusta, odiosa."

En ese momento, ni la educación religiosa que había recibido de chico, con agüita santa en la frente, bautizándolo como católico, le servía de consuelo.

"Y tú, Dios de las alturas, Oh todo poderoso, a ver, dime: ¿Si me mato, adónde me iré? ¿Me pondrás al lado de los buenos, de los puros, limpios de pecados?... ¿O de repente porque incumpliré el mandamiento de no matar, o matarse, en fin, tú ya me entiendes, me mandarás junto a los quemados por el fuego de Satán?... Pues para tu información, no creo en nada de esas huevadas y cosas estúpidas, porque hasta ahora nunca me has ayudado ni nunca lo harás. Hablemos mejor claro: ¿Por qué no en vez de que te cuiden esos angelitos con alas, con cuerpo de niños, todos calatos, rollizos y ensebados, haces que te asistan mejor chanchos con cabeza humana y alas de buitre? Si quieres puedes llamarlos también cerdos voladores, puercos-buitres, marranos-rastreros, gallinazos con cuerpo de gorrinos, igual me da... Piénsalo bien, no sería una mala idea, porque al menos, aquí, en esta tierra, los hay de sobra, abundan... ¿Y no te me hagas el loco porque sabes perfectamente a quienes me refiero?"

Inhalaba fuerte el monóxido que salía del carro, dilatando sus aletas nasales y abriendo bien la boca. Su cara parecía peor que la de un obrero de una mina de carbón: negra y con la piel toda irritada; empezaba a tener una tos seca; las manchas negras de los vasos capilares de sus ojos se confundían con las pupilas, le ardían a morir.

"¡AUU-AUU, cómo duele!... ¡Arde, arde!" Se quejaba, pero allí seguía respirando el veneno.

Nabo, como sospechando que algo malo estaba sucediendo, raspaba con sus garras el metal de la puerta; olfateaba desesperadamente a su dueño.

"Ven, ven de una vez, qué esperas..." le decía a la muerte.

Acercó la boca al tubo para inhalar más el veneno; el gas tóxico iba ocupando lentamente todo su sistema respiratorio: sentía una sustancia gaseosa, amarga, que fluía primero por su boca, nariz, le bajaba por la faringe, tráquea, bronquios y se depositaba en sus pulmones; todavía lo saboreaba con la poca saliva que le quedaba.

Su cuerpo perdía sensibilidad, no podía juntar las manos, el estomago se retorcía: le vino una diarrea madre y con la vejiga que también se le había soltado, terminó embarrado en medio de un charco de deyecciones con orín. Hasta el perro sentía asco y retiró el hocico de la puerta. En ese mismo momento el motor comenzaba a tartamudear —como que quería apagarse-, no pasaron ni cinco minutos y se apagó por completo: se le había acabado la gasolina.

Él ya se sentía que había muerto, por sus venas corría mas que una sangre fría, impasible, como que sus rodillas y extremidades ya no le respondían; hablaba mas que incongruencias, dirigiéndose a Dios:

"Mira que por tu culpa mandé al diablo la vida para casarme con la muerte. Ahora viviré feliz bien abrigadito en el infierno, me alimentaré de pecados, y tendré bastantes diablitos. Si quieres, te hago testigo de matrimonio junto con Lucifer... Je, je, je", se reía totalmente anestesiado, drogado por las toxinas: "Sí, sí, ya sé... lo que pasa es que quieres que primero me refresque un poco, limpiándome de los pecados, allá arriba, en tu castillo de nubes azules, ¿verdad? ¿Cómo me dijiste que se llama eso: purgar, purificar, depurar, limpiar?... ¡Pamplinas, todo es mas que pamplinas! Yo viviré solamente con Lucifer, mi testigo, el sobrino de Satán, él me protegerá... Je, je, je."

No hilaba bien los pensamientos, se dirigía a Dios irónicamente:

"¿Y?... ¿dónde estás pues, rey de las alturas, déjate ver siquiera para la despedida?" le dio un ataque de risa: "Ja-ja-ja... Jo-jo-jo... Je-je-je...", empezó a cantar boleros: *Acaricia el ensueño, el suave murmullo de tu suspirar... Yo tengo una casita en la playa y un nido hecho para soñar..."*

Dentro de su delirio sintió como un vacío, le faltaba la compañía de su perro; miraba por todas partes, gritando contra las paredes como si pudieran también hablar:

"¡Nabo, Nabo, dónde estás!... Ven y sube conmigo en esta nube. ¿Por qué no ladras que quiero escucharte?..." Quiso pararse pero estaba tan débil que su cuerpo ya no le respondía, y cayó golpeándose la cabeza con el filo del tapabarro del carro. Al sentir el sabor salobre de su propia sangre, que corría desde su frente herida y bajaba lentamente hasta mojarle los labios, recién allí se dio cuenta que no había muerto. Eran los latidos de su corazón —que a ratos los sentía como si fuera algo lejano, ajeno a su cuerpo-, que le permitía volver a su realidad nuevamente.

Al darse cuenta del estado abominable en que se encontraba, se asustó de tal manera, que sintió vergüenza, mucha vergüenza, arrepintiéndose profundamente de todo lo que había hecho o dicho. Pensaba en su perro y de lo feliz que se sentía cuando le acariciaba sin pedir nunca nada a cambio; recapacitaba penitente: *"Si mis simples caricias hacen tan feliz a un perro, ¿por qué no intento hacer lo mismo en mi oficina, con el vecino, mi enamorada, y en fin, con todos aquellos que tengan que ver conmigo?... ¿De repente comprendiendo un poquito más a los demás, me sentiría más feliz, al igual que lo que siento por Nabo?..."* Dudas todas que le brotaban del corazón y que le llenaban optimismo y deseo de, a pesar de todo, seguir viviendo.

Intentó pararse para abrir la puerta, y justo cuando había logrado dar un paso adelante para halar la manijuela, un escuadrón de veinte policías armados con metralletas, alertados por los vecinos, irrumpió escandalosamente el recinto –pensaron que se trataba de *Pichuzo*: el ladrón más buscado, temido y sanguinario de la ciudad–, disparando a quemarropa una ráfaga de balas que lo dejaron como colador. Cayó al piso agonizando y sonriendo a Nabo como para no preocuparlo –el animal temblaba, metiendo su colita entre las patas, lamiéndole las heridas–, solo alcanzó a decirle con pena:

"Nabo, perdóname, me creerías si te digo que ya no quería morir."

La estratagema

Quién no ha tenido una vez problema con su vecino. La historia que les contaré ahora se trata de *Felina*, mi vecina que vivía en el último piso del edificio en la calle Manzanares. Tenía que hacerlo, era inevitable. No me lamento no haber actuado como los demás: siempre odiándola, pero resignados, conformistas y sin hacer nunca nada. Porque cuando yo me decido a hacer algo, tengo que actuar, y me gusta hacer las cosas de una forma diferente, más exquisita, original. Mi padre me dijo un día: *"Hijo mío, si sigues así, estoy seguro que un día tu originalidad te llevará a la fama"* –él ya murió, y sigo aún sin entender a qué fama se había referido. Desde pequeño me gustaba enfrentarme a las circunstancias de manera planificada, analizando las causas de los problemas con sus respectivas consecuencias; proceder con recato, cautela, previniendo las acciones ha sido siempre mi divisa. Por ejemplo: a mis vecinos les aconsejaba siempre, en caso de que no les agradara una persona (como en este caso doña Felina), en vez de decirle palabras groseras, toscas, incultas, como: *"vieja culona"*, *"vete a la mierda"*, *"hija de puta"*, *"muérete en la hoguera"*, conviene ser más diplomático, condescendiente, comprensivo, morderse la lengua, tragar saliva, tener la paciencia de saber escuchar, solo así estaríamos en condiciones de analizar mejor sus debilidades y terminar con éxito las cosas que nos hemos propuesto. Siempre he dicho que en un conflicto, atacar los elementos morales, intelectuales y circunstanciales, son más importantes que los físicos, ya que según mi hipótesis todo antagonismo, oposición o contrariedad, está basado en el engaño.

Acuérdense siempre de este consejo: *Ganará quien, debidamente preparado, espera que el enemigo no lo esté.*

Como sabía que *Felina* era una mujer odiosa, desconsiderada y muy egoísta, dejaba a propósito que colgara en forma indiscriminada todos sus calzones tamaño XXXL, sostenes 55 copa F, blusas floridas, pantalones, faldas huachafas, camisones que parecían mantas, inmensas frazadas, y todo aquello que podría llamarse telas, ropajes, vestidos, indumentarias, en el tendedero de ropa en la azotea; y más bien procuraba dominar mi ira e indignación, satisfaciéndola en todo lo que ella quería, tratando de ser amable, conversando sobre temas que solo le interesaban a ella.

Sabía también que eso de los gatos desesperaba a todo el mundo. A nadie le gustaba que esos felinos se pasearan siempre todos orondos por las escaleras del edificio, rondando por habitaciones ajenas, arañando las paredes, muebles, vinílicos, destrozando las macetas ornamentales; encima que la odiosa de *Felina* dejaba en cada piso y sin respetar el reglamento de la administración, un recipiente de plástico, amarrado con candado en la baranda de la escalera para que pudieran hacer sus necesidades. ¡Mierda!... hasta ahora recuerdo ese olor penetrante a orín. Esparcían con sus pelajes de angora, kilos de pelusas alérgicas por el ambiente, contaminando con micro organismos a todo el vecindario: de las quince familias que vivían en el edificio, más de la mitad tenían problemas respiratorios. Pero lo peor de todo era cuando uno caminaba por las áreas comunes del edificio, parecía un matadero, porque te tropezabas con restos de cabezas de aves, alas de loro, plumas de pajaritos, patas de ratas, cabezas de ratones, colas de lagartijas, y así, con una serie de extremidades desgarradas y en proceso de descomposición de animales que habían servido de merienda para esos gatos. Un día hasta encontré la cabeza de *Pimbolo* —el perico de la vecina que vivía en el quinto-, junto a la puerta de entrada de mi apartamento. Pobre mi vecina, hasta ahora le prende una velita con su foto en la cómoda del dormitorio. Felizmente ese día con las justas logré ahuyentar a ese gato sanguinario para que no se comiera el papagayo de don Remigio —el vecino que vivía un piso más abajo.

¡No, por favor, eso sí que no! Yo tampoco lo toleraba, por eso tuve que recurrir a una estratagema para librarnos de ese flagelo, llamado: *Felina.*

Felina era una cincuentona infeliz, sin familia ni marido ni hijos ni nada. Vivía sola con sus cuatro gatos negros. Los trataba como si fueran sus propios hijos. No sé si será por la compañía de sus animales, el humor de su piel, gesticulaciones, fisonomía, pero a los vecinos les parecía que ella también tenía algo de gato. Cuando la veían pasar, la miraban con desprecio, profiriéndole indirectas, como: *"Cuidado, que aquí hay gato encerrado" "Hasta los gatos quieren zapatos" "Venderá gato por liebre"*, o frases como: *"Gato con guantes no caza ratones" "Ésta se lava como gato"*

Y eso era verdad porque era alérgica al agua: la composición de sus sales minerales le producían irritaciones en la piel; se bañaba solamente con agua destilada y por gotitas. Habían días que apestaba peor que el orín de sus mascotas.

Un día, consecuente con mi estrategia y decidido hacer una evaluación preliminar, la vi subir por las escaleras al piso 11 (donde vivía ella), y le dije muy sorprendido, como para estimular su arrogancia:

"¡Doña *Felina*, qué bien se le ve!... ¡Igualita a sus gatos!"

Y la muy estúpida que no había comprendido mi indirecta, se alegró:

"¡Ay, gracias, usted es la primera persona que me lo dice!... Verdad que son muy bellos, no", dijo conmovida por la apreciación. "No entiendo por qué los demás odian tanto a mis gatos... ¡Vecinos mal nacidos, hijos de su madre!"

Paró de insultar, para preguntarme:

"¿No tendrá usted un poquito de pescado que le haya sobrado en su nevera?"

"*¿Pescado?... Veneno para ratas es lo que te debería dar. ¡Vieja gatuna! Cómo te atreves insultar así a mis vecinos"*, fue lo primero que pensé; y mientras se agachaba para acariciar a sus animales, le respondí manteniendo una cara de buena gente:

"Mi querida vecina, no hable así de los vecinos. ¿Por qué nooo...", quería proponerle algo, pero al ver su trasero de imponentes dimensiones se me había ido el habla por un momento (creo que ella también se había dado cuenta); mientras lo miraba sorprendido, seguía maldiciéndola en mi interior: *"Por qué no en vez de andar con gatos, deberías tener un burro para que te destroce ese culo."*

Ella, tratando de aclarar mi estado de confusión, me insinuó amarga:

"¿Y, qué pasa?... ¡Hable, hable, pues, y no me mire así! ¡Acaso no ha visto nunca a una mujer!..." Enderezó su amasado tronco, se acomodó la falda: "Bueno, qué era lo quería decirme..."

"Carambas... nada más quería decirle que cuánto lo siento, me lo hubiera pedido mejor ayer que comí un lenguadito frito en mantequilla negra con su parihuela de cangrejos, de entrada."

"Ah, bueno, entonces los soltaré en la noche para que se busquen algo de comer por allí."

Tenía que proponerle algo, antes de que sus félidos volvieran hacer otro genocidio en el vecindario. Además, era la única manera de saber qué hacía, cómo vivía, el por qué de su actitud.

"Esteee... ¿por qué no mejor me invita un cafecito?"

Y extrañada por mi propuesta, me dijo poniendo cara de enemiga:

"Pero si yo ni lo conozco... ¡Qué tal insolencia, cómo se atreve!..."

"*¿No me conoces?... ¿O por qué no mejor me dices que no te da la gana de hacerlo, vieja desgraciada? Quince años viviendo en el mismo edificio y me dices qué no me conoces... ¡Esto es el colmo!*", pensaba indignado; y le contesté mordiéndome los labios para evitar un abrupto:

"¿Qué es eso, doña *Felina*?... ¿Cómo que no me conoce? Si ya llevamos viviendo muchos años juntos, ¡perdón, discúlpeme!... quiero decir cerca, como vecinos en el mismo edificio, ¿o no? Es que como sé que le agradan los gatos, me gustaría complacerla con algo especial, ¿me entiende, ahora?... ¡MIAU, MIAU!... Son tan lindos, preciosos...", les hacía cosquilla en el cuello; y ellos, o mejor dicho bestias, se aprovechaban de ese momento de confraternidad para arañarme los zapatos nuevos de gamuza y deshilachar los pasadores.

"Bueno, está bien, eso siempre y cuando usted me traiga también el pescado que le pedí, ¿de acuerdo?"

"De acuerdo, lo que usted mande, doña *Felina*. Comerán el mejor del mundo, palabra de hombre ¿Pero, le podría pedir un último favor?...", le buscaba más confianza.

"¡Qué cosa quiere ahora!... ¡No ve acaso que estoy apurada, tengo que acicalar a mis gatitos!", contestó arrogantemente, siempre de mal humor.

"¿Por qué no mejor me tutea?... llámeme Félix, a secas, ¿le parece bien?", le insinué para ablandarla un poco.

"¡Félix!... ¡ha dicho usted, Félix!"

"Sí...¿qué tiene?"

"¡JA-JA-JA!...", soltó una carcajada estruendosa; hasta el vecino que vivía al lado, entreabrió su puerta para ver quién era que se reía de esa manera tan vulgar. Repetía mi nombre, burlonamente: "¡JA-JA-JA!... ¡Félix, Félix, Félix!... ¡JA-JA-JA!"

Me sentía tan humillado que me provocaba cachetearla: *"¡La puta qué te parió!... Nadie se ha burlado de mí de esa manera, qué se ha creído esta loca"*, le maldecía en mi interior.

Ella seguía burlándose:

"¡JA-JA-JA!... ¡Félix, Félix!... Imagínese, qué tal coincidencia: ¿Sabía que el mayor de mis gatos también se llama así?... ¡JA-JA-JA!", toda su masa corporal adiposa convulsionaba de tanto que se reía.

Yo trataba más bien de ignorarla y me dominaba, concentrándome solo en mi estratagema: *"Félix, no le hagas caso, tienes que sacar provecho de lo que ella aprecia, solo así se someterá a tus dominios"*, y le dije, devolviéndole una sonrisa:

"Je, je, je... ¡Qué bien, así que ahora somos dos!.... Cómo es la vida no, doña *Felina*: Yo, llamándome igual que su gato... ¡Qué gracioso, qué gracioso! Será entonces un buen motivo para que me deje también pasar... Je, je, je"

Se puso de nuevo seria.

"Bueno, por ésta vez nomás, porque a parte de mis gatos no me gusta que nadie más entre a mi casa, sobre todo alguien del vecindario." Acariciaba a su *Félix* que le ronroneaba y lamía la pierna. "Pero con una sola condición: a usted lo llamaré *Félix II*, está claro. Porque para mí solo hay uno y ese es mi *Félix*, lindo, precioso, *Cuchicuchi*...", mimaba a su gato como si fuera su hijo.

"Pues como usted quiera, vieja, ¡perdón!... quiero decir, doña Felina. Usted disculpe, es que estaba pensando en mi madrecita que en paz descanse, siempre pienso en ella... Je, je, je." No se me había ocurrido decirle otra cosa.

"¡Ya, ya, un poco más de respeto, por favor!... Y ahora agáchese y dele también un besito a su tocayo en la ñata."

Por su puesto que el gato aprovechó de la situación para engramparme sus filudos colmillos en la nariz y de refilón arañarme la cara: hasta ahora se me ven las cicatrices de dos perforaciones en el tabique y un corte de 5 centímetro en la mejilla derecha.

Era una mujer poca apreciada en el vecindario. Aquino, que vivía frente a mi apartamento, qué cosa no había hecho para que *Felina* se mudara a otro lugar y dejara tranquilo a su familia: tenía una hija asmática que sufría mucho por las pelusas que dejaban esos malditos. Don Remigio, el pobre viejo que vivía en el cuarto piso, ya no podía más con sus nervios. Su papagayo también de puro pavor casi ni comía. Hasta había amenazado a *Felina* con matarla a cuchillazos, sino encerraba de una vez a esos felinos en una jaula.

Firme con mis planes, esa misma tarde compré una lata de atún doble del más apestoso –había dejado especialmente el envase en la terraza dos horas, para que se abrasara con el sol de febrero y tuviera un olor más penetrante (sabía que eso les gustaba a los gatos)

Ese día, *Felina* me había invitado solamente una tasa de café (por supuesto que con más agua que café), sin pastel, ni galletitas ni nada: según ella, el aroma del café ponía muy nervioso a sus animales, y después tendrían dificultades para dormir durante el día.

Me comentaba orgullosa todo lo que hacía con ellos:

"¡Ay, *Félix II*, qué animales para más tiernos!... ¿Sabías que son muy buenos cazadores? Tu tocayo, por ejemplo, se ha especializado en aves, él es muy bueno, siempre piensa en mí, ¿y sabes por qué?..."

"No, doña *Felina*, por qué."

"Porque después de comérselas, me trae sus cabecitas para mi caldito... ¡Dime si no es primoroso!"

A mí se me venían arcadas, no podía creer lo que me estaba contando.

"¿Y?... continúe, continúe...", le decía, aguantándome para no vomitar.

"... Y después de chupar los restos de sus pequeños sesos, las bolitas de sus ojitos, el pellejito de la cresta, sus deliciosas lengüitas elásticas, guardo todos sus cráneos en una bolsa como trofeo... ¿Quieres verlos?", se le hacía agua la boca; estaba entusiasmadísima.

Pero antes que yo le dijera que por supuesto no gracias, saltó de su asiento y trajo de su dormitorio una bolsa llena de pequeños cráneos pelados: se trataban ni más ni menos de todos los pericos, loros, canarios, jilgueros de los vecinos.

"Mira, éste cabezoncito, por ejemplo...", me mostraba contenta los restos de su esqueleto "... me parece que es de *Pimbolo*, el perico de la vecina del quinto, ¿lo recuerdas?", todavía me preguntaba cínicamente "Cómo odiaba a ese maldito parlanchín, me cantaba siempre: *"¡Rrriii-co, Rrriii-co!... ¡Bruuu-ja, Bruuu-ja!"*, y cosas así. Ay, menos mal que ha terminado en mi caldo, y gracias a mi *Felixito*, mi gatito precioso." El gato se dejaba acariciar, ronroneaba feliz y engreído.

"¡Pero, doña *Felina*, cómo hace usted eso!... Comerse los animales de los vecinos, usted no es ningún gato. Acaso no le da pena, la pobre vecina hasta ahora le prende velas a su perico."

"Bien hecho, porque también trataba muy mal a mis gatos. Eso sí, y por favor que esto quede entre nosotros nomás...", me decía, humedeciéndome la oreja, porque escupía cuando hablaba "Si por casualidad le sucediera algo a mis animalitos, le juro que ya no me verían nunca más, porque me iría de aquí para siempre, y ustedes se llenarían de ratas, ratones, cucarachas, arañas, por todas partes."

Sus ojos se llenaban de lágrimas.

"Doña Felina, ¿qué le pasa?... ¿le aturde algo? Cuénteme todo, acuérdese que no soy como los otros, a lo mejor también le puedo ayudar."

"Gracias, *Félix II*, gracias, al decir verdad, ya no se encuentran vecinos tan comprensivos como tú. Porque como te decía, por mis gatitos daría hasta la vida. Te tengo que confesar algo: ¿Sabías que el espíritu de *Cacao* me persigue hace días, sueño con él?... ¡Sé que está aquí! ¡Lo puedo ver clarito, me persigue, tengo siempre pesadilla, muchas pesadillas!"

De pronto estalló en un llanto descontrolado.

"Ajá, ya vamos entendiéndonos mejor, así que aparte de comeaves, encima eres supersticiosa", pensaba, y le pregunté:

"¿No le entiendo, doña *Felina*?... ¿pero de qué pesadilla me habla, y quién es *Cacao*?"

"Sí, porque estoy seguro que es él... ¡*Cacao, Cacao*!", repetía el nombre con miedo. "Me despierto a media noche, muy atemorizada, busco a *Félix, Ulises, Cachimbo y Penélope* y me acurruco con ellos hasta la madrugada... ¡es horrible!"

"¿Pero por qué, cuénteme, cuénteme?" La historia comenzaba a interesarme.

"Bueno pues, te lo contaré..." Inhaló fuerte una bocanada de aire, se secó las lágrimas: "Fue horrible: En mi sueño vi cómo él agarró a mis gatos, les desgarró los pelajes y con la dermis sangrante, al rojo vivo, los colgó boca abajo, en el tendedero de la azotea, haciéndoles un nudo con la cola. *Cachimbo* todavía se movía, botaba un hilo de saliva densa mezclada con sangre por la boca. Los otros ya no respiraban, se habían muerto. Sus ojos por la presión de la sangre coagulada se habían desprendido de sus cavidades; en sus caras se reflejaban todavía los gestos de desesperación y agonía. ¡Horrible, horrible! Felizmente que al despertarme me había dado cuenta que había sido mas que una terrible pesadilla, y que *Félix, Ulises, Cachimbo y Penélope* se encontraban junto a mí, vivos y ronroneando. ¡Ay, Virgen de las Alturas, qué alivio había sentido, lloré de pura alegría! Y así son casi todas las noches, te juro que ya no sé qué hacer."

"Carambas, qué alucinación para más macabra, creo que ésta lo que necesita es un siquiatra", pensaba, arrugando la frente.

Llevaba puesto un collar exótico, que lo tocaba persistentemente con las manos; parecía de un animal roedor: con patas largas y de uñas afiladas.

"¿Doña *Felina*, qué cosas tiene colgado allí, y por qué lo toca de esa manera?", pregunté con curiosidad.

"¡Es mi amuleto!...", contestó cortante; lo frotaba y frotaba con los dedos "Me protege contra el espectro diabólico de ese *Cacao*, igual que mis cuatro gatos."

"¿Qué raro, pero si parecen patas de ratas?"

"Así es, has adivinado muy bien: se tratan de las ratas que *Cachimbo* caza en el sótano. A veces se escabulle entre las tuberías de desagüe y me trae unas más grandes. En cambio, *Ulises* y *Penélope* son más flojos, cazan solo ratones, pero igual las diseco todas para luego colgármelas... ¿Te gustan?" Las mostraba orgullosa.

"¡Pero, *doña Felina*, si se ven horribles!", exclamé sorprendido. Inmediatamente se me vino a la memoria que también había visto como una docena de patas, muy parecidas a las del collar, tiradas en el quinto piso –recuerdo que hasta habían causado una gran consternación entre los vecinos-, y reflexioné: *"Mejor no le diré nada a don Remigio porque a lo mejor le da un infarto... ¡Vieja sacrílega, fetiche!"*

Seguía contándome su historia:

"Mis padres tenían una hacienda en la ceja de selva, por *Madre de Dios*: sembrábamos yuca, mucha yuca, los primeros de la zona, y *Cacao*, ese negro feo, pervertido, trabajaba como peón. Me afanaba siempre, persiguiéndome entre los matorrales, se bajaba el cierre y me enseñaba su tremenda cosota. Era horrorosa, grande y gruesa, parecía una *Anaconda*. Y yo no quería y le decía que mejor escondiera ese animal, perdón, quiero decir cosa... ¿usted ya me comprende, no? Felizmente como era peón, me obedecía retirándose a escondidas entre la espesura verde de los árboles. ¡Imagínese!... todavía me decía el muy insolente: *"Te quiero, te necesito, patroncita mía."* Hasta que un día no aguantó más y quería violarme con toda su cosota salida, me decía: *"Discúlpame Felina mía, es que hoy te deseo más que nunca."* Me tumbó al suelo húmedo, y justo cuando estaba por romperme la virginidad por atrás –que a Dios gracias hasta hoy la conservo intacta-, le atacó una pantera negra por la retaguardia. Era rarísima: sus patas eran inmensas y grises, igual que las de una rata, solo que más grandes, grandísimas. ¡Fue un cuadro espeluznante!... Pero me salvó de ser violada. ¡Ay, hasta hoy día la venero, es mi Ángel de la Guarda!" Temblaba toda traumatizada. Abrazó instintivamente a sus cuatro gatos que todavía lamían lo que quedaba de la lata de atún.

"¡Carambas, carambas, tranquilícese!... Si quiere doña *Felina*, continuamos otro día", le dije como para calmarla un poco; tenía que tratarla con tacto.

"¡No, *Félix II*, nooo!... Botaré el trauma de una vez, de repente así me libero de él para siempre." No soltaba a sus gatos por nada. "Como te seguía diciendo, vi como *Cacao*, y a pesar de estar moribundo y con la lengua afuera y los colmillos de la pantera engrampados en su cue-

llo, chisgueteando sangre por la aorta, se reía amenazante, balbucién-
dome: *JE-JE-JE... Yo sé que dejaré de existir, pero mi espíritu enamorado se reencarnará y te perseguirá siempre... JE-JE-JE* Mientras
el animal se lo llevaba arrastrando por los matorrales, con la cabeza
casi cercenada, yo todavía escuchaba el eco de su risa diabólica, que
retumbaba entre los caobos: *¡JEEE-JEEE!*, y otra vez *¡JEEE- JEEE!*"

"*Allí está pues la razón de su actitud, por fin la descubrí*", hilva-
naba mis primeras conclusiones "*Qué bien, ahora se me va aclarando
un poco más el panorama, sin embargo, continuaré preguntando con
precaución*", y le dije:

"Doña *Felina,* de repente por eso es que cuida a sus cuatro gatos
negros con tanta devoción, ¿no es así?"

"Efectivamente, es usted un buen analista, sabe deducir muy bien
las situaciones."

"*Vaya, por fin me dice algo halagador*", pensé, y le dije: "Gracias, gracias, es que lo llevo en la sangre."

Y continuó diciendo, enseñándome las patas de su collar:

"Estas patas no serán tan grandes como las de la pantera, pero al
menos me neutraliza las malas energías de su espíritu."

"¡Es increíble!... pues es usted una mujer muy valiente, comprendo, comprendo. ¿Y dígame, qué va hacer ahora?", le pregunté, y conjeturaba dentro de mí: "*Si me responde lo que yo supongo, estaría tocando su punto débil y así tendría un terreno más accesible para atacar.*"

"Nada. Más que esperar a que ojalá un día desaparezca *Cacao* de
mi vida para siempre." Fue cuando comenzó a observarme dudosa-
mente: "Mmm... tampoco me extrañaría que su espíritu se haya reencarnado en cada uno de ustedes. ¡Sí, así es!... porque todos son igua-
les, unos vecinos endemoniados. ¡Cómo los odio, los odio! Ya es hora
que visite a la *Mama*, mi santera, para que los exorcice de una vez,
hincándoles alfileres y rociándoles con el orín de mis gatos, en sus
cuerpos... ¡Ay, que *Macumba* me proteja de los espíritus malignos!...
¡Sálvame, sálvame, por favor, que ya no confío en nadie!", lloraba
como árabe en un velorio; se golpeaba el pecho, se frotaba la cara,
persistentemente.

"*Qué bien, así me gusta que reaccione: que los elementos emo-
cionales se mezclen con los circunstanciales. ¡Magnífico!... Ahora*

tengo casi todos los componentes a favor mío: mantenerla bajo tensión y desgastarla ha sido mi mejor táctica. Pues ahora la confundiré más para enfurecerla, así terminará exhausta y en peores condiciones. " Pensaba solamente en mi estrategia, y le dije:

"Qué cosas dice, doña *Felina*, cálmese por favor, que yo sí la quiero y acepto tal como es. Es más, hasta creo que le doy la razón: Mire, el otro día nomás, mirándome en el espejo, me pareció ver la imagen de un hombre negro muy feo: tenía la nariz aplastada y sangraba mucho por la boca. ¿Qué coincidencia, no?... Ahora que escucho sus confesiones, pues creo que se trata del mismo *Cacao*. Doña *Felina*, créame, no es mi deseo aturdirla, pero imagínese: ¿Y si efectivamente él se ha reencarnado en mí persona?... ¡Qué pasaría, qué haríamos! Esta situación me está dando miedo."

Ella ajustaba fuerte su gargantilla con las manos, abrazó sus cuatro panteras miniaturizadas, y totalmente ofuscada, confundida, comenzó a gritarme:

"¡Lárguese, lárguese de aquí, qué no lo quiero ver más!..." Me escupía con desprecio, me arañaba la cara con su collar de patas de rata; los gatos se encorvaban, erizaban sus pelos, enseñándome sus afilados colmillos: "¡Fuera, fuera!... ¡Qué a lo mejor es usted un espía, sí, eso es, un espía comandado por *Cacao*!... ¡Fuera, fuera!", y me retiré antes que me hiciera verdaderamente daño.

Pasaron unos días, era sábado –el día en que ella acostumbraba a colgar la ropa en la azotea-; yo iba a dar un paseo, pues el día era propicio, un cielo azul con un sol radiante, y la encontré con sus maletas, estaba preocupada, diría que resignada, con una cara de mala noche, y le dije:

"Doña *Felina,* qué ha pasado, a dónde se va... ¿Y, cómo están sus gatitos?"

"¡Mal, muy mal!... Me voy de aquí para siempre, alguien despellejó a mis cuatro gatos y los colgó en el tendedero."

Otros títulos del autor

¿Por qué a mí?
BOD, 2003, Alemania; ISBN 3-8311-4897-X

El expresionista
BOD, 2004, Alemania; ISBN 3-8334-1812-5

www.fredericlujan.com